KB267698

내 입속에 있는 너

내 입속에 있는 너

표현 시동인 제 32집

김남극 김서현 김순실 김창균
이화주 정주연 최수진 한기옥
허 림 홍재현 황미라

우리글

　바야흐로 인공지능 시대가 속도를 붙이며 인간의 세계로 진입하고 있다. 학생들은 글쓰기나 보고서 과제를 AI의 힘을 빌려 처리하고, 어른들은 생각하기 귀찮거나 생각의 소재나 정보의 양이 빈약하면 AI에게 물어본다.

　이러한 AI 현상은 인간 개개인의 문제뿐 아니라 국가적 문제나 선점해야만 하는 중요한 과제로 부상하고 있다. 지구상에 힘깨나 쓰는 나라들은 AI를 더 치밀하고 정교하게 발전시키고자 국가적 역량의 상당 부분을 투입하고 있다. 하여, 인간 세상에서 인간은 점차 중심에서 밀려나 변두리로 변두리로 쫓겨나는 중인지도 모른다.

　문학에서 AI는 어떻게 활용·소비되고 있을까? 시인이나 소설가는 AI를 활용한 작업을 본격적으로 하진 않겠지만, 일반인들은 글쓰기의 두려움에서 벗어나 글쓰기의 수월성을 도모하기 위해 많이들 활용하고 있는 것으로 보인다.

　헤르만 헤세는 그의 소설 『유리알 유희』에서 "잡문 시대"의 "지식인들은 개인의 욕망, 즉 돈과 명예와 권력을 위해서 언제라도 자신의 지식을 팔아먹을 수 있는 사람들이다"라고 말한다. 또 "이런 지식인이 정치가, 교수, 과학자, 언론인 등 사회 지도층이 되어 자신의 지식을 도구로 삼을 때 사회는

혼란과 절망에 빠져든다"고도 말한다.

세상은 지식인과 권력자들의 왜곡된 욕망으로 인해 점차 야만화되어 가고 있다. 이 시대에 시인으로 살아가고 있는 우리도 "잡문 시대"의 지식인처럼 우리의 말과 문장과 시인이라는 직함을 도구로 사회를 절망에 빠지게 하는 건 아닌지, 스스로 냉철하게 점검해 보아야 할 때다. 그리고 우리는 무엇보다 인간의 '개성'을 존중하고 인간이 세계의 중심임을 잊지 말아야 할 것이다.

이번 2025년 표현 동인지 특집은 김서현 시인을 대상으로 하였다. 그만의 독특한 호흡과 문장으로 이루어진 작품이 동인지를 더 빛나게 하였다. 그리고 테마 시 코너는 강원도만이 갖고 있는 음식을 소재로 쓴 시들을 실었다. 음식이 불러오는 장소와 시간성이 만들어내는 내용을 따라가며 각자의 마음에 풍경의 등을 환하게 밝혀보는 것도 의미 있는 일이리라.

더불어 만드는 동인지 〈표현〉에 늘 적극적으로 임해주시는 동인들께 감사의 말씀 드린다.

2025년 가을
표현 시동인 회장 김창균

차례

머리글 _ 004

제1부
강원도 테마 시 _ 음식

김남극 서거리젓이 오셨다 _ 011
김서현 감자꽃 필 무렵 _ 012
김순실 쑥개떡 _ 014
김창균 도루묵구이 _ 016
이화주 올챙이묵 _ 017
정주연 삼순이 엄마 _ 019
최수진 유월의 감자밭 _ 020
한기옥 올챙이국수 _ 021
허 림 메물능쟁이 _ 023
홍재현 분한 감자 _ 025
황미라 감자를 먹는 저녁 _ 027

제2부
동인 조명 / 김서현

에세이
말하지 않으면 가까운 시, 말하면 먼 시 _ 031

신작시

안녕, 자카란다 _ 034 | 마주하다 _ 036
장미 _ 038 | 찬비 _ 040 | 맥주는 역시 뉴욕 호프와 함께 _ 042

김서현 신작시 감상 – 화려하지 않은 행복 _ 김남극 _ 045

대표시

목련이 환해서 맥주 생각이 났다 _ 053 | 진부역 2월 19일 _ 054
여름비 속에서 사막을 꺼냈다 _ 056 | 흑백 셀프 사진 _ 058
프랑스 잡지와 포르투갈 신문 _ 060

제3부

내가 뽑은 올해 쓴 나의 시

홍재현 꽃향기를 사랑한 아기 곰 _ 065
황미라 어서 오세요 하루 씨, _ 066
허　림 단풍 _ 068
한기옥 아르페지오네 소나타 _ 070
최수진 부리 _ 072
정주연 물의 서書 _ 074
이화주 작은 집 지붕이 들썩들썩 _ 076
김창균 매미 울음에 귀를 씻고 _ 078
김서현 내 이름은 서회인입니다 _ 079
김순실 어디에도 없는 빨강 _ 081

김남극　단추 _ 082

제4부

동인 신작시

김남극 _ 085　야생 메밀 | 나무 | 나무는 말한다
김순실 _ 091　그림자 연극 | 암각문 | 밤의 실레마을
김창균 _ 097　가지런한 웃음 | 결별 | 폭우에 떠내려 온 돌을 바
　　　　　　라보다
이화주 _ 103　천 원의 힘 | 맨발 걷기 | 활공
정주연 _ 111　바람 부는 날 | 초록 문이 열리면 | 유리병 속의 새
　　　　　　에게
최수진 _ 119　카프카 | 매미 울음 | 멸치가 아닌 멸치 떼와 같이
한기옥 _ 127　델리에서 | 내가 쓸 시 몇 줄이… | 엄마
허　림 _ 137　우산 | 농담 | 봄이라서
홍재현 _ 143　쉬는 날 | 개나리 별그늘 | 시계는
황미라 _ 149　뼈를 먹는 새 | 수혈 | 뿌리와 깊이

표현 시동인 _ 156

1부

강원도 테마 시

⋮

음
식

김남극 서거리젓이 오셨다
김서현 감자꽃 필 무렵
김순실 쑥개떡
김창균 도루묵구이
이화주 올챙이묵
정주연 삼순이 엄마
최수진 유월의 감자밭
한기옥 올챙이국수
허 림 메물능쟁이
홍재현 분한 감자
황미라 감자를 먹는 저녁

서거리젓이 오셨다
/ 김남극

　강릉 처남댁이 서거리젓을 보내왔다 아니 온 게 아니고 오셨다 택배 상자가 환하다 캄차카나 알래스카 심해 온도를 담은 이 서거리를 앞에 두고 삭는다는 말을 생각했다 앞대엔 곰삭다는 말이 있긴 하지만 여기에 맞을는지 10월에 눈이 오는 이 오지를 살아낸 사람들의 굽은 걸음을 삭았다고밖에 할 수 없겠다 시간이 문제인 거다 눈이 오고 비바람이 치고 가끔 는개도 오고 가고 개복숭아꽃의 여린 꽃잎이 댓돌 신발 위에 앉는 날을 다 지나야 이 서거리는 북태평양 맛을 전할 텐데 맛이 든다는 말은 맛이 스미는 것인데 그럼 맛은 어디에 있었다는 말인지 심해에 산맥에 아니면 아가미를 떼어 내고 양념을 하는 부두 어느 무심한 노인의 손끝이나 눈길에 있었는지 생각해도 모를 일인데

　나는 마루에 서거리 통을 두고 늦가을 무가 푸른 맛이 깊이 들기를 기다리며 서거리깍두기를 얹어 배추장국을 먹을 생각에 눈이 두 번쯤 내려도 기다릴 수 있다고 된서리 내린 앞산을 건네다 보며 다짐한다

감자꽃 필 무렵
／ 김서현

우리가 없어도 계속 재생되는 이야기가
감자를 침묵하게 했다고

고딕체 주소
안반데기에서 한 일은
말풍선에 질문을 채우는 일

모르는 것이 많아 여기는 안반덕

도덕적인 계절이 오고 있으니까,
원하는 것을 말해보기로 할까?
너도나도 지독하게 기억하는 이곳에서

감자는 열정을 다해 커지기로 한다
서로를 알아보지 못한 채 지나치며
가장 순수한 하얀 꽃을 속임수로

걸을 때마다 사라지는 기분

감자는 자꾸 풍경이 되고

최선을 다해 여름이기로 하자

고작 감자이거늘
이름도 없으면서
두백감자, 수미감자, 자영감자
짐작하기만 해

아무도 여기가 어딘지 묻지 않는다
울창한 이별을 아름답게 발음할 뿐

뒤돌아본 여름은
적설량을 감추려 하고

쑥개떡

/ 김순실

불쑥 쑥개떡 먹고 싶다

세상살이 마음 같지 않을 때
쑥덕쑥덕 쓴 맛에 쓴웃음 지으며
감칠맛도 달콤함도 자극도 없는
쑥개떡을 빚는다

김 오르는 찜통에서 꺼낸 그 떡은
풋풋한 초록이 아니었다
얼룩지고 탄 가슴 끌어안은
산전수전 겪은 여자 마음 같은

저 혼자보다
다른 무엇과 어울렸을 때
더 빛나는 쑥
쑥개떡, 쑥수제비, 쑥버무리, 쑥전병, 쑥국, 쑥차

개떡 같은 세상이라고 쑥덕대지만

손바닥이며 온 사방이 초록인 봄
개떡일망정 쑥 덕분에 대접 받는

손톱 끝마다 파고든 색깔에서 한 발 물러나 무심한,
그래서 깊어진 쑥색의 시 한 접시

도루묵구이

/ 김창균

나도 친구도 술집 아줌마도
오래된 연탄 화덕에 둘러앉아 있다
뻘겋게 단 석쇠 위에
알 도루묵을 한 마리씩 얹으며 나는
비늘도 없이 만삭의 몸으로 헤엄쳐 온 그 몸에
왕소금 한 줌 뿌려준다
한때는 바닷물에 젖 물리며 살았을
저들의 배를 들여다보며
말없이 서로의 눈치만 살피는데
순간 붉은 알들 툭툭 배 밖으로 튀어 나온다
저렇게 알집을 통째로
몸 밖에 드러내는 일이 예사롭지 않아
거기 내 한 몸 얹어도 가라앉지 않을 것 같으니
그믐을 갓 넘긴 달이 뜨는 겨울밤은
뼈째 휘어진 몸을 뒤집으며
나도 친구도 술집 아줌마도
속 환하게 내놓고 밤 늦도록 술을 마신다

올챙이묵

/ 이화주

올챙이 올챙이
올챙이묵이
강원도 음식이라고?
옛날부터 지금까지 먹는 별미라고?
으~ 올챙이를 어떻게 먹어?

옥수수 익기 시작하는
초여름이면
보들 말랑 풋옥수수를 따서
슥슥 슥슥
맷돌에 갈아

가는 체에 받쳐
보드라운 앙금이 가라앉으면
고걸 솥에 넣고
휘휘 휘저어
옥수수 풀을 쑤는 거지.

새끼손가락이 들락날락할 만한 구멍
쏙 쏙 쏙 쏙 쏙 뚫은 바가지에 넣고 누르면
차가운 물그릇으로 떨어져
오골오골 올챙이들로 태어나지
옥수수로 만든 올챙이.

사실 엄마도 못 먹어봤지.
으~ 오글오글 올챙이묵 어떻게 먹어?
옆에서 듣던 할머니가 뭐라 하셨을까?
흥, 한번 먹어보라고.
아마 개구리 묵은 없어요, 할 걸.

삼순이 엄마

/ 정주연

음식은 곧 그 사람이지
반백은 아니지만 태어난 강원 땅에서
내 생의 삼등분쯤의 시간을 살았다.

딸은 나를 삼순이 엄마라고 애정으로 부르는데
유달리 좋아하는 먹거리가 콩, 감자, 옥수수여서
콩순이 감순이 옥순이 그래서 삼순이다
이 음식은 아무리 많이 먹어도
물리지도 체하지도 않았다
지금 저녁밥도 나는 행복하게 옥수수를 먹고 있으니

나를 만든 살과 피
내 영혼을 기른 물과 불
그 안에서 자란 푸른 꿈의 원소

오늘은 두 손 모아
깊이 감사의 절을 올린다.

유월의 감자밭

/ 최수진

흐드러진 안개 아래에서
오오, 무르녹는 낭심들!

올챙이국수

/ 한기옥

어린 날
하오안리*가면
늙은 이모가 소반에 받쳐 내오던

올챙이 꼬리 닮은 국수 가닥이
씹기 전 호륵호륵 잘도 넘어갔지

시어빠진 김치 송송 썬 반찬
전부인데

한 대접 먹고 나면
딴생각 안 났었지

이모 먼 길 떠나고

사는 일
화덕처럼 부글거릴 적이면

슴슴하고 구수한 국물에
얼음 동동 띄워 내던
올챙이국수 생각나
바람처럼
이모네 마당으로 내달렸었지

올챙이국수 먹자 쉬엄쉬엄 살아라

이모 음성 들려오고
끌탕하는 맘 연못물처럼 오래 고요해졌지

* 하오안리 : 강원특별자치도 홍천군 홍천읍 동네 이름

메물능쟁이
/ 허 림

니 내 좋아했는데

서산 어디 산다는 분산이가 오십 년 만에 와서 한 말이다

혼잣말 같기도 하고
들으라고 한 말 같기도 한데

모라고

못 들었으면 말고

그때 붉은데이 오면 능쟁이 해주려 했는데
한 번을 안 오데 서운하더라 그래서 내면 떠났다

지금이라도 만들어주지

됐다
말로 해줄게

통메물 찰강냉이가루 없으면 멧옥씨기가루 좁쌀을 준비해
  그런 다음 노강지에 물을 넉넉히 붓고 메물 넣고 푹 능궈지
도록 죽을 쒀
  푹 퍼졌다 싶으면 찰강냉이가루와 좁쌀 나물 좀 넣고
  눌어붙지 않게 능구면 돼

  능구는 게 뭔데

  내가 니 속에 들어가도록 속을 푹 늘궈놓는 거지

  한번 먹고 싶다
  메물능쟁이 같은 저녁을

분한 감자

/ 홍재현

빠끔
어둠 속에서 눈을 뜬 감자는 주위를 둘러보았어요
참 깜깜한 세상이야

'아니야 아니야
이 세상은 환한 빛으로 가득하단다'
누군가 속삭였지요

춥고 어둡고 무서운 나날들을
동글동글 감자 형제들은 꼭 붙어 이겨냈어요

마침내 흙에서 나와
세상 빛을 본 순간!

'앗! 감자는 빛을 보면 큰일 나!'
누군가 외치며 가마니를 덮었지요

얼굴에 붙은 흙을 털어내기 바쁘게

미처 팔다리를 쭉 뻗기도 전에 말이에요

그리고는 곧바로
껍질을 벅벅
뜨거운 물에 퐁당

감자는 분이 풀리지 않았어요
뽀얀 분을 풀풀 내뿜었지요

감자를 먹는 저녁

/ 황미라

강원도에 산다고 하면
감자부터 떠올리는 사람들이 많았다
감자는 두메산골 가난의 상징처럼
바닥을 굴러다닌다

벨기에서 나고 자란 프랑스 노인은
어릴 때 허구한 날 감자를 먹었다며
향수에 젖어 가끔 식탁에 감자를 올린다는데

암스테르담 반 고흐 박물관에서 본
감자 먹는 사람들도 농부다
희미한 불빛 아래 삶에 지친 얼굴로
고픈 배를 채우고 있다

거친 땅에 뿌리 내려
가난한 이들에게 생을 몽땅 던지는
감자를 한 냄비 삶았다
고흐의 엄숙한 식탁이 가슴에 차려지는 저녁이다

김서현

2022년 《강원작가》 신인상으로 등단
시집으로 『목련이 환해서 맥주 생각이 났다』가 있다.
keysh2016@naver.com

에세이

말하지 않으면 가까운 시, 말하면 먼 시

신작시

안녕, 자카란다 | 마주하다 | 장미
찬비 | 맥주는 역시 뉴욕 호프와 함께

김서현 신작시 감상 – 화사하지 않은 행복 _김남극

대표시

목련이 환해서 맥주 생각이 났다 | 진부역 2월 19일
여름비 속에서 사막을 꺼냈다 | 흑백 셀프 사진
프랑스 잡지와 포르투갈 신문

말하지 않으면 가까운 시, 말하면 먼 시

‘나는 단지 잘 쓰고 싶은 것이 아니라, 이 사람처럼 쓰고 싶다.’ 그 문장을 오래 붙들었다.

잘 쓰기와 닮아 쓰기, 그 사이의 보이지 않는 간극. 나는 지금, 그 간극에서 흘러나오는 말을 붙잡아 글을 시작한다.

글을 쓰고 싶을 때마다 나는 머뭇거린다. 무엇을 써야 하는지, 왜 쓰고 싶은지를 헤아리며 하루를 건너간다. 때로는 잠결에, 불현듯 문장이 찾아오기도 한다. ‘누구나 글을 쓸 수 있지만, 아무나 써서는 안 된다.’는 어느 작가의 말이 오래 남았다. 그 말은 나를 조금 찔렀지만, 동시에 글을 붙드는 힘이 되었다.

글은 삶을 정리하고, 시는 삶을 흔든다. 그 차이를 깨닫는 순간부터, 나는 시 앞에서 겸손해지고 동시에 설렌다. 시는 내게 강렬한 순간이자 가장 약해지는 순간이다. 내 시를 읽어주는 사람이 있을 때 나는 강렬해지고, 내가 쓴 시를 다시 읽을 때는 도리어 약해진다. 그 느낌은 늘 낯설고, 또한 매혹적이다. 어쩌면 시는 나를 끊임없이 재발견하게 만드는 장치인지도 모른다.

시를 처음 만난 때는 사 년 전이다. 학창 시절, 국어 선생님의 강요로 외운 몇 편의 시는 내겐 외계어였다. 서점 한쪽 구석의 시집 앞을 나는 수없이 지나쳤다. 소설은 시간을 잡아끌

었고, 에세이는 생활의 위안을 해주었지만, 시는 내 삶과 무관한 세계 같았다. 그러던 어느 날, 여름비처럼 스며든 시 한 편이 나를 바꾸어 놓았다. 뜻은 다 알 수 없었지만, 설명할 수 없는 울림이 가슴에 남았다. 그때 알았다. 나는 한 번도 시보다 먼저 있던 사람이 아니었음을. 시는 늘 나를 불러왔고, 나는 그 부름에 응했을 뿐이었다.

그 후 이 년 동안 나는 하루 한 편 쓰기를 실천했다. 단 한 줄이라도 쓰자는 마음으로 시작했지만, 막상 펜을 들면 밤을 새우기 일쑤였다. 책상 위에는 흩어진 메모지와 남은 커피 잔이 놓였고, 창밖에는 계절이 바뀌어 있었다.

새벽의 적막은 시의 배경음이었다. 위층에서 들려오는 발소리, 냉장고의 윙윙거림, 별이 반짝이는 소리, 보름 조금 지난 달이 조금씩 작아지는 소리마저 모두 문장이 되었다. 때로는 단어 하나를 붙잡고 몇 시간을 씨름했고, 어떤 날은 아무 말도 나오지 않아 종이에 점 하나만 찍고 잠든 날도 있었다. 그렇게 쌓인 글들은 미완성이었으나, 내게는 분명한 흔적이었다. 불면의 밤이 내 몸을 지치게 했어도, 시를 쓰는 행위만은 나를 견디게 했다.

방 안의 조명이 깜빡일 때마다, 나는 시가 흘러나오기를 기다렸다. 그러나 열정의 끝에는 슬럼프가 찾아왔다. 시는 더 이상 오지 않았고, 공백은 낯설고 서늘했다. 쓰려고 해도 단어들이 입술에서 흩어졌고, 종이는 차갑게 비어 있었다. 처음엔 두려웠다. 더는 시를 부를 자격이 없는 듯했다. 그러나 곧 알았다, 삶은 묵묵히 이어진다는 것을. 밥을 먹고, 잠을 자고, 웃고, 이야기하며 나는 여전히 살아 있었다. 놀라웠다.

그렇게 시를 포기하려는 찰나 책장에 꽂혀 있는 수백 권의 시집이 눈에 들어왔다. 그때 깨달았다. 시는 내가 붙잡는 것이 아니라, 나를 부르는 것이었다는 것을. 시와 나의 관계는 소유가 아니라 응답이었다는 사실을 알았다.

시 쓰기를 다시 시작했다. 이에 대한 보상이었을까? 동서문학상 수상과 강원작가 신인상 수상이라는 선물을 받은 것이다. 그리고 등단 일 년 후에 첫 시집을 출간했다. 이 시집에 묶인 오십여 편의 작품은 등단 이전부터 이어온 기록이다. 나는 주제에 얽매이기보다 이미지와 소리, 여백의 울림에 귀를 기울였다. 책장을 펼칠 때마다 종이 냄새와 글자의 질감이 전해졌다. 한 줄 한 줄 속에서 잠든 나를 찾아냈다. 내가 쓴 시 속에서 나는 내가 되기도 하고, 내가 아닌 사람이 되기도 했다. 어떤 시는 낯선 타인의 얼굴로 다가왔고, 어떤 시는 오래된 나의 그림자를 닮아 있었다.

시는 언제나 나를 다른 곳으로 데려다 놓는다. 말과 시 사이에서 나는 서성인다. 말하지 않으면 가까운 시, 말하면 먼 시. 나는 그 사이에서 오늘도 시의 부름을 듣는다.

안녕, 자카란다

안녕, 자카란다
핏줄이 선명한 이베리아의 태양만큼 당신
언덕 위 대서양이 내려다보이는 파두 카페
안녕, 자카란다

리스본에서 만난 여인
어린 시절 수도회에서 받은 크리스마스카드 속
천사와 똑 닮은 얼굴,
암갈색 머릿결
청보랏빛 눈을 지닌 파두 가수

짧고도 긴 이별에
투명한 하룻밤은 사로잡혀

안녕, 자카란다
호시우 광장을 가로질러 오른 언덕
두세 채 모퉁이 집 아래, 회벽에 걸린 흑백 사진
흑백의 남녀 노인들, 그리고
검은 드레스를 입은 노년의 여인

"맘에 들어요, 그 사진?"
오른쪽으로 미끄러진 그의 검은 눈동자
"우리 엄마예요.
삼 년 전에 돌아가셨어요. 파두 가수였죠."

리스본
당신은 보랏빛으로 젖어
한낮의 테주 강을 건너고 있었어

대서양 언덕 아래
휘청거리는 보랏빛 당신
우리가 나눌 건 인사뿐
그저 가벼이 손을 잡으며
안녕, 안녕 자카란다
그 사이로 천 년이

당신, 안녕
안녕하세요, 자카란다

마주하다

아침 이슬이 미끄러져서 쓱 실뱀이 된다

마가리 캠핑장은
단장을 위해 톱니를 들었다
모가지 베인 풀들이 트럭에 실려 가자
가장 난처했던 건
어느 구멍 속에 집이 있는지
들켜버린
굶주린 곤충 무리

콩벌레도 부지런히
영역을 침범하고
가려 줄 풀이 없어
개미 한 마리에게 쫓기고 만다

꾸역꾸역 빨간 텐트를 치는 인간 가족들
떨어뜨린 과자 한 귀퉁이에
경계가 허물어진다
새까맣게 모여든 굶주린 영혼들이

꿈틀꿈틀 한입씩 베어 물었다

이것이 바로
소리 없는 아우성

인간족 하나가 아이 징그러워
고구마 향 과자와 마주한 덩어리를
계곡으로 집어 던졌다

장미

입술 사이에서 삐죽
굽은 등에서 삐죽
종아리에서
복숭아뼈 위에서도
삐죽

호르몬에 취해
물에 취해
고개를 들자

머리는 붉은 피로 물들었어
아름답고 향기롭다는데
눈에 띄게 빨개서 싫어
독기를 품은 냄새는 머리를
어지럽게 만들었어

피가 말라 갈변이 되고
휘어진 가시 끝

물병도
벽에 박힌 못자리도
내 자린 아니어서

두려움도 망설임도 없는
검은 비닐봉지에 잠들어
안도하지

늙은 가시가 삐죽 뚫고 나온 것도 모른 채로

찬비

찬비가 쏟아집니다
쌓입니다
핸드백도 창밖도
젖습니다

가지고 다니던 당신의 수첩을 펼치자
숲이 나옵니다
당신이 네루다처럼 살아가기를 언제까지라도 보고 싶었는데
이제 당신은 없습니다

언젠가 집 앞에서 만난 당신은
큰 나무를 메고 있었습니다
당신인지 전혀 몰랐습니다
비가 왔습니다

당신은 나무 앞에 서면
최선을 다할 수 있어 좋다고 했습니다
당신 앞에 서면 나는 언제나
사막입니다

가본 적 없는 당신 풍경을 짐작하다가
찬비 속으로 밀어 넣었습니다

맥주는 역시 뉴욕 호프와 함께

서부영화에는 없을 것 같은 알록달록 카우보이와
부산스러운 깃을 단 인디언 밀랍 인형이 가게에 들어왔다
백오십만 원짜리 두 개가
천하대장군 지하여장군처럼 문 앞을 지켰다
디제이 석에 담아 두었던 봉인 테이프를 찢어내고
바짝 말라 몸뚱이는 사라진
벌레들의 다리를 계단에서 털어냈다
매일 두 시간씩
한 달을 채우면 이십만 원
여섯 시간을 꼬박 일하는 불쌍한 아르바이트생이
따라주는 콜라를 시작으로
유행하는 음악의 파장은 뱅글뱅글 돌아 문틈까지 흔들어 댔다

손님은 없어도
신청곡은 넘쳐나고
디제이의 말솜씨도 늘어간다
허스키한 목소리로 웅얼거려도
누구 하나 정확히 말해 달라는 사람이 없다
속 얘기를 뭉개서 띄워 놓고는
등 있는 손님과 딴청을 피운다

트로트 신청곡과 함께 콜라를 보내온 아저씨는
머리부터 발끝까지 검은 욕정이 흡수되는 경로를 따라 생맥
주잔 뒤에 숨어 꼴깍꼴깍 훑어본다

시붉은 차이나 칼라 원피스에
흙갈색의 긴 머리를 정수리에 돌돌 말아 얹고
핏빛 립스틱을 바른다
테이블 밑을 지나가는 설치류의 가냘픈 뒤태도
조명을 향해 사선으로 날아
황금 갑옷을 입은 바퀴벌레도 어색해야 할 것이 없다
텅 빈 테이블이 내려다보이는
최고의 자리에 걸러지지 않는 시큼한 공기는 없다

선글라스에 양복을 입고
검은 가방 줄을 손목에 끼운 아저씨가
어두운 조명 아래 눈만 휑하니 뜨고 서 있는 사장에게 수첩
을 내밀었다
곧 인수할 임자가 나타날 거라며 내일 칸에 넘지 않게 조심
스레 빨간 일수 지문을 찍었다

선글라스 너머
핏발 선 눈을 까 보이며
검은 봉지를 또 내민다

경고처럼 들리는 봉지 안에 피고인 삼겹살을
주방과 화장실 사이 책상에 앉아
빚 많은 사장은 한 점씩 씹어 삼킨다
내일은 반짝이는 무얼 채워 놓을까

맥주는 뉴욕 호프에서, 내일 다시 만나요
광고 인사를 마이크 속에 구겨 놓고
빛 잃은 마룻바닥에 내려와
남겨진 김빠진 콜라를 쳐다본다
내일은 뭐가 잡혀 있을까

김서현 시인의 시에 대한 감상

— 화려하지 않은 행복

김남극

　모든 창조 행위가 그렇겠습니다만, 시를 쓰는 일은 어렵고 괴로운 일입니다. 이 괴로움은 사물의 꿈이 곧 나의 꿈이고자 할 때 오는 것입니다. 또 달리 말해보자면, 예컨대 우리가 자유를 그리워하고 평화를 그리워하고 사랑과 정의를 그리워할 때 그리고 시인이 그 그리움을 노래할 때 시인 자신이 다름 아니라 자유요 사랑이요 평화이어야 하므로 시를 쓰는 일은 괴로운 일입니다.

　또 달리 말해보자면 시는 모순과 갈등이 부딪쳐서 화해하는 현장이며 이것과 저것, 있는 것과 있어야 하는 것이 만나는 현장입니다. 부딪치면 아프고, 화해하면 기쁩니다. 시인의 고통을 '이상한 기쁨'이라고 말할 수 있는 이유가 여기에 있습니다.
— 정현종, 「시란 무엇인가」 부분

　한평생 시를 통해 세상을 보고 대응한 노시인의 산문으로 이 감상문을 시작한 것은 김서현의 시가 이 산문에서 이야기하는 시에 근접하고 있다는 생각 때문이다. 많은 사람이 알다시피 정현종 시인은 '사물의 꿈'에서 출발하여 지구의 꿈과 영혼에 대해 노래하는 시인이다. 이 글을 요약하자면 '시인은 사물의 꿈을 자신의 꿈과 일치시키려고 노력하는 존재이며, 그 과정에서 고통을 겪는 존재이다. 시는 화해의 현장이고, 그 불화의 화해가 시인의 기쁨'이라는 것이다.

또한 정현종은 인간의 상상력이 시의 근원에 닿아있고, 그 상상력의 가장 섬세한 발현이 시라고 생각하는 시인이다. 이와 같은 생각은 그가 가장 사랑하는 시인으로 알려진 파블로 네루다의 시집『질문의 책』'옮긴이의 말'을 통해 드러나고 있다.

시인의 시 쓰기는 결국 결핍과 불화의 세계를 내면에서 화해시키고 고통을 축제로 재인식하는 과정이라 할 수 있다. 또한 이 과정은 시인만의 상상력에 의해 구동되며 상상력의 힘은 곧 시의 힘인 것이다.

이 글에서는 최근 필자에게 전해진 시 5편에 나타난 시 세계를 현실의 꿈과 고통, 그리고 화해의 과정으로 보고, 그 과정에서 시인의 상상력은 어떻게 작용하고 있는지 살펴보려고 한다.

「안녕, 자카란다」 – 화사하지 않은 행복

「안녕, 자카란다」는 포르투갈 리스본에서 만난 파두 가수를 가로수인 '자카란다'로 치환하여 대상의 삶을 생각한 시이다. 파두 가수는 남미에서 포르투갈로 이주한 자카란다처럼 정주하지 못하는 여성이다. 슬픈 노래를 평생 부르면서 자카란다의 꽃말처럼 화사한 행복을 꿈꾸었으나 행복하게 삶을 마감하지 못한 존재이다. 그런데 이주민이라는 선입견을 버리고 보면 그 파두 가수는 '크리스마스카드 속/천사'와 같이 아름다운 여성이다. 인종이라는 굴레가 이 여성의 삶을 이주민의 비애가 가득한 삶으로 바꾸었을 것이다. 그리고 이 여성은 짧은 삶을 마감했다. 그 죽음은 오래된 이주민에 대한 차별에서 온 것일 수 있고, 포르투갈의 현대사를 고려한다면 '카네이션 혁명'의 한 부분일 수도 있을 것이다.

그런데 이 시에서 파두 가수의 삶이 더 애절하게 읽히는 것은 시 전체 분위기와 연관되기도 하고 파두라는 음악이 가진 애수의 곡조와 연관된다. 음악이 주는 슬픔의 아우라를 작품 전반에 깔고 시를 이끌어가고 있기에 죽음의 그림자가 더욱 짙어 보인다. 실지 리스본에서 파두 공연을 본 사람이라면 이 슬픔의 아우라를 말로 하지 않아도 알 것이다. 이 작품은 그 음악을 적극적으로 활용하여 고통과 슬픔, 세계와의 불화를 잘 드러내고 있다.

하지만, 이 시는 그 파두 음악으로 끝나지 않아 더 강렬하게 읽힌다. 바로 자카란다꽃의 보라색이 파두 음악과 대비되면서 작품 전체에 흐르고 있기 때문이다. 흔하지 않은 색이지만 강렬한 색인 보라색 꽃은 곧 파두 가수의 비극적 삶과 강렬한 희망을 보여주기에 충분한 대상이다. 고통스러운 삶과 그 삶을 벗어나려는 꿈을 보라색 꽃은 강렬하게 드러내고 있기 때문이다. 그래서 시를 다 읽은 후 오랫동안 노래와 꽃이 머릿속에 남아 리스본 언덕을 종단하는 트램 레일을 늦봄 밤새도록 걷고 있는 듯한 상상을 지속하게 된다.

이 작품은 앞에서 언급한 정현종 시인의 시에 관한 생각에 근접해 있다고 느끼게 한다. 세상과 불화를 겪고 죽은 사람을 따뜻한 시선으로 화해의 상황으로 옮겨오는 과정에 시인은 마음을 쏟고 있기 때문이다. 그리고 그 과정은 상상력을 활용한 자카란다꽃으로 아름답게 승화되고 있기 때문이다.

「마주하다」와 「장미」 – 왜곡된 환경 친화 그리고 상투성의 부정

앞의 정현종 시인의 말을 다시 옮기자면 시는 '모순과 갈등이 부딪쳐서 화해하는 현장이며 이것과 저것, 있는 것과 있어야 하는 것이 만나는 현장'이라 할 수 있다. 이 말은 우리가 살고 있는 현실은 모순과 갈등이 부딪치는 상황이고, 화해하는 현장이라는 것이다. 그러니까 우리가 사는 세상은 부조리하다는 것이다.

최근 인류의 위기로 언급되는 기후와 환경 위기의 문제도 부조리함 중 하나이다. 「마주하다」는 인간이 침범한 자연 속의 생명들이 겪는 곤혹한 일을 이야기한다. 캠핑은 요즘 친환경의 이름으로 자연을 즐기는 레저 활동이자 잃어버린 인간의 본성을 회복할 수 있는 대안으로 인기를 얻고 있다. 그런데 그 속을 들여다보면 환경친화적이 아니라는 걸 알 수 있다.

땅에서 오랫동안 정주민으로 살던 곤충들이 풀이 사라지자 겪는 일을 인간은 생각하지 않는다. 인간들은 아무렇지 않게 '빨간 텐트'를 치고 과자를 먹지만, 기존 땅의 생명들은 '새까맣게 모여든 굶주린 영혼'이 되어 간다. 인간은 그 곤충들과 함께 살 생각은커녕 '아이 징그러'라고 말하며 그 존재들을 계곡으로 던져버린다.

캠핑장이 인기를 얻는 것은 역설적으로 인간은 자연 친화적이지 않다는 것을 증명하는 일이다. 자연과 가깝게 산다면 캠핑이 필요 없다는 걸 사람들은 안다. 지구 환경 위기란 곧 환경친화적 담론을 만들어낸다. 이는 언뜻 보기에 문제의 해결 같지만, 근본적 해결은 아니다. 시인은 그래서 캠핑장도 결국 인간 중심 사고의 발현으로 생각하는 것이다. 앞에서 언급한 '모순과 갈등이 부딪쳐서 화해하는 현장'을 시인은 바라보고 있다고 할 수 있다.

김서현 시인은 캠핑장이 아닌 지극히 일상적 세계나 사물에서도 모순과 갈등을 발견한다. 「장미」가 그렇다. 장미는 정열적 사랑을 의미하는 오래된 꽃이다. 가시가 있는 아름다운 꽃이라는 보편적 생각을 가지고 우리는 장미를 본다. 그런데 그 장미는 그냥 꽃일까.

시인은 장미를 다시 본다. 장미의 붉은색을 '붉은 피'로 보고 아름답지도 향기롭지도 않다고 말한다. 아름답다고 누구나 생각하는 장미 향기를 '독기를 품은 냄새'라고 말한다. 그리고 화자는 장미 입장이 되어 자기 자리가 없다고, '물병도 / 벽에 박힌 못자리도 / 내 자린' 아니라고 생각한다. 그리고 인간에 의해 버려지는 장미의 운명을 생각한다. 그런데 '버려지는 장미'라는 상투성으로 이 작품은 끝나지 않는다. 시인은 마지막에 버려지는 비닐봉지의 '늙은 가시가 삐죽 뚫고 나온' 모습에 주목한다. 버려진 존재의 처절한 저항의 자세를 연상할 수 있는 마지막 장면. 이 장면은 작품 전체를 돋보이게 하기에 충분하다.

장미도 예전에는 자연의 일부였을 것이다. 인간이 고치고 바꾼 존재인 장미는 이제 자신의 본성에 따라 살 수 없는 존재이다. 우리는 이 장미를 아름다운 꽃으로 보지만, 시인은 그 고정관념을 뒤집기 위해 노력한다. 그리고 장미의 저항을 드러내 새로운 관계를 모색한다. 꽃 하나에도 우주가, 진리가 들어 있다는 시적 목소리를 읽을 수 있는 작품이다.

「맥주는 역시 뉴욕 호프와 함께」 – 문명의 민낯

우리가 살고 있는 세상의 '모순과 갈등'은 일상화되어 나타난다. 우리가 무심코 들러 맥주 한잔하는 '호프집'도 매한가지이다. '호프집'의 모양부터 호프집 밖 풍경과 어울리지 않는다. '카우보이, 인디언 밀랍 인형'이 '천하대장군 지하여장군'을 대신한다는 화자의 발언은 호프집으로 대표되는 일상의 공간이 시대의 변화를 악착같이 따라가려고 노력하는 장면으로 읽힌다. 하지만 그 새로운 시도가 변화의 전위에 선 것인지는 의문이다. 세상이 빠르게 변하지만, 일상 공간은 그 변화를 따라가지 못한다는 게 시인의 생각이다. 그래서 가게에는 손님이 적고, 호프집인데도 '트로트'를 신청하는 아저씨가 죽치고 있다. 그리고 그 아저씨는 전근대적이고 부도덕한 가치관을 능글맞

게 드러낸다. 최저임금도 못 받는 아르바이트생을 '머리부터 발끝까지 검은 욕정이 흡수되는 경로를 따라' 훔쳐보며 자신의 욕망을 채운다.

사장으로 보이는 가게 여성은 청결 따위엔 관심이 없다. 어떻게든 늙은 욕망이 가득 찬 아저씨를 대상으로 돈을 뜯어내려고 준비한다. 그리고 '일수 지문'을 찍는 사내는 돈을 받아가며 '삼겹살'을 매개로 동물적 욕망을 전달한다. 그 삼겹살을 혼자 먹는 사장이자 일하는 여성은 무슨 생각을 할까. 이 장면을 상상해 보는 순간 독자는 이 작품을 통해 시인이 전하고자 하는 부조리와 불화를 강하게 느낀다. 그런데 이 불편한 장면을 시인은 '내일 다시 만나요'라고 마무리한다. 이 발언은 장밋빛 미래를 기약하는 발언일까. 아무도 그렇게 생각하지 않을 것이다. 시인은 현실을 살아가는 사람들은 누구나 아무 일 없다는 듯 일상을 살아가지만, 깊이 가라앉은 문제가 쉽게 해결되지 않을 것이란 의미를 강하게 담고 있을 것이다.

일상은 구차한 장면의 연속이고, 인간은 그 구차한 장면의 연속 속을 횡단한다. 시대는 자본을 바탕으로 빠르게 돈이 되는 방향으로 치달리고 개인은 그 속도를 따라가지 못해 헉헉 댄다. 그 속에서 개인은 불화와 모순을 느끼지만, 무엇이 부정적 감정을 가져오는지 논리적으로 알기 어렵다. 다만, 감각이 있을 뿐. 그 감각을 잘 느낄 수 있는 장면을 이 작품은 묘사를 사용하여 제시하고 있다.

화해는 고통의 결과물

김서현 시인은 《강원작가》 신인상을 받으며 등단한 후 첫 시집 『목련이 환해서 맥주 생각이 났다』(달아실, 2023)을 낸 신선한 시인이다. 그의 첫 시집은 감각적 표현과 생경한 풍경을 통해 일상을 사는 현대인에게 새로운 삶의 감각을 선사하는 작품으로 주목받았다.

이번 신작시 5편을 통해 독자들은 김서현 시인의 작품에 대한 열정이 더해감을 느낄 수 있었을 것이다. 특히 이국적 이미지에서 끝나지 않고 지구적 문제나 사물의 본질적 의미를 찾아가는 작품을 통해 시의 세계가 더 넓어졌다는 생각에 도달했을 것이다. 또한 모순과 분열의 상황을 감각적으로 파악하고, 화해는 결국 고통을 이겨낸 결과물이란 시의 본질을 잘 알고 있는 시인으로 나아가고 있다는 점도 알아챘을 것이다. 물론 이를 시적 언어로 형상화하는 역량이 더 강해졌다는 평가도 내렸을 것이다.

잘 쓴 시와 못 쓴 시는 한 치 차이도 안 나는 듯하지만, 하늘과 땅 사이보다 더 큰 차이를 보인다. 이는 시를 평가하는 절대적 기준 없다는 말이기도 하지만, 눈 밝은 독자는 그 차이를 순간적으로 알아차린다는 것이다. 김서현 시인의 작품은 자신이 하고 싶은 이야기를 자신만의 언어로 잘 짜내는 수준에 도달했다고 느껴진다. 그러니까 여기서 머물지 말고, 더 나아가면 눈 밝은 독자의 눈에 탁 띄는 작품으로 우리에게 나타날 것이라 기대한다.

두 번째 시집을 기대하는 이유가 여기에 있다.

목련이 환해서 맥주 생각이 났다

집 앞에 의자를 내놓았다
목련 꽃잎이 긴 머리카락에 떨어졌다
멈출 수가 없어서
떨어졌다
봄입니까,
라고 말을 하려던 입술이 벌어졌다

손깍지를 꽉 끼고 걸었던 그 거리
다시 가지 않을 거라는 예감이
부어오른 목련 꽃잎 같아
지그시 눌러보았다

온종일 아무것도 할 수 없었다
꽃잎 부풀리는 일 말고는

이 봄에 다시 만나게 될 너는 어떤 표정일까
저녁을 말리는 목련을 보며
너의 어떤 표정을 생각했다

하루라도 봄이 있었던 날은 없었다

진부역 2월 19일

진부 골목에 눈이 내리면
블라디보스토크에서 그대를 만나기로 했는데,

그곳이 아닌 다른 곳으로 횡단하는 야간열차만 있길래

진부 골목에 눈이 내리면
올리브나무 사이가 젖기로 했는데,

바이칼호만큼 바칼바칼 말라만 가길래

진부 골목에 눈이 내리면
온종일 창밖만 보기로 했는데,
쏟아지는 그대만 보기로 했는데

그대는 사막의 밤처럼 두꺼워지고

원피스 지퍼를 내리는데,

주름진 치맛자락에

눈이 쏟아져
자꾸만 쌓이다가

막

겨울이 가려 하길래
겨울이
지금
막

그대에게 계속해서 무슨 말이든 해야 할 것 같은, 겨울이 열
차 밖에 있으면

여름비 속에서 사막을 꺼냈다

사막이 기억나지 않아
너는 나와 함께 모하비사막을 보고 싶다고 했고
나는 연장되는 우기 속에서 우산을 펼치다 한 손을 내밀며
빗방울이 모래알 같다고 말했어

사막을 기억해 내기 위해 사막에 관한 것이라면 무엇이든
말해보기로 했어 별을 조명 삼아 드러누웠던 침낭, 모닥불을
쬐며 기대던 커다란 바위, 이름이 같은 자동차의 그림자, 파랑
이 아니라 하양이어도 이상할 게 없던 하늘

언제였지 너와 나는 목계나루터를 함께 걷고 있었지 손안에
풍경을 움켜쥐었어 너무나 조그만 수레국화가 쏟아졌어 그것
은 작고 가벼워서 오른손으로 더듬고 왼손으로 담아야 했어

손등에 닿는 바람을 어루만지며 걷는 동안

신경림 시인은 바스락거리며 빗방울처럼 뒤를 따랐어

만장이 자꾸만 빗방울 속으로 사라지고 모래알이 자꾸만 연

속으로 재현되어서 너와 나의 손은 자꾸만 자라났어

  이것 봐, 여름비와 닮았어

눈을 떴을 때 나는 사막에 있었어

사막이 기억나지 않아
기억하기 위해서 무엇이 필요하지?

모래알을 한 번도 밟아본 적이 없는 것처럼
뭐에 흘린 듯이 너와 나는 빗방울을 세기 시작했어

흑백 셀프 사진

약속 하나 없기로 한 겨울,
여기서부터 저기까지 걸었다

밤새 기록적인 폭설이 쏟아졌고 가로수들은 영원히 자라고
있었다

겨울 거리는 어디에서나 신호등이 고장 났다
작은 전구에 불빛이 들어왔고
아주 환한 곳에서 한참 느린 속도로 움직이면서 어둠을 밀
어냈다

지나간 것은 다 잊자

우리는 눈 내린 거리를 걷기로 했다
일월 밤거리의 쏟아지는 눈발이
입고 온 하얀 스웨터의 보드랍고 따뜻한 사물처럼 보였다

정말 사실 같은 풍경이야

너는 나에게 빨간 목도리를 감싸주고 있는데
오천 가구는 정전이 되었고
휴대전화 통신도 두절되었다

아름다움을 관찰하기 위해 우리는 흰 눈을 향해 나아갔다

지나간 것은 다 잊는 거야

나는 혼자 걷겠다고 고집을 피우다 넘어지고, 캄캄한 흰 눈
을 향해 다시 나아갔다

걷기에 괜찮았어?

흑백만 있는 오래된 거리,
눈은 녹고 바깥은 완벽히 젖어 있어서

프랑스 잡지와 포르투갈 신문

여름 없이 지나온 이 계절
'필연적인 사랑이 존재하며 우연적인 사랑도 할 수 있다',
는 사르트르와 보부아르의 결혼계약서가 실린 프랑스 잡지
를 읽고 싶은 가을밤

매일매일 무한한 빗방울을 만지는 가을밤

까진 수피 향이 나던 플라타너스 길, 양쪽 새끼발가락이 까
진 걸 아침에야 겨우 알았던 여름의 끝
타악기처럼 샌들 굽이 바닥을 치는 길에서 왜 아무 말도 없
냐고 묻는 한 사람
마음은 나도 늘 중얼거리는 계절이 되고 싶은

오로지 너만 보고 있는데 한눈팔지 말라며 맑은 눈동자에
괜한 걱정으로 낙서하는 가을밤

부재중 전화를 보고 취중에만 전화하는 일이 없기를 바라는
가을밤

사르트르와 보부아르는 사실 숨겨둔 아들이 존재한다,
포르투갈 신문에 싣지 못한 말

너의 등 뒤에 나 있는 푸른 점 하나를 들여다보고 싶은
더 늦은 가을밤

3부
내가 뽑은 올해 쓴 나의 시

홍재현 꽃향기를 사랑한 아기 곰
황미라 어서 오세요 하루 씨,
허 림 단풍
한기옥 아르페지오네 소나타
최수진 부리
정주연 물의 서書
이화주 작은 집 지붕이 들썩들썩
김창균 매미 울음에 귀를 씻고
김서현 내 이름은 서회인입니다
김순실 어디에도 없는 빨강
김남극 단추

꽃향기를 사랑한 아기 곰
/ 홍재현

노란 유채꽃밭에
하얀 아기 곰이 있어요

뒹굴거리다 쿵쿵
쿵쿵거리다 뒹굴

꽃향기에 흠뻑 취했어요

"엄마도 이리와요! 이 꽃향기 좀 맡아보세요!"

꽃과 놀고 있는 하얀 아기 곰을
엄마 북극곰이 바라봅니다
아무 말 못하고 바라만 봅니다

북극에
봄이 왔어요
와 버렸어요

어서 오세요 하루 씨,
/ 황미라

늘 오는 오늘이지만
오늘은 처음이라
이 아침 뭉클합니다

하루 씨와 잘 지내다
웃으며 보내드려야지
오늘도 오늘을 기대하지만

해가 중천에 들면
꼬르륵 배가 고프고
하루 씨는 보이지도 않지요

세상사 안개 같아서
몸도 마음도 근시안이 됩니다

절망과 회한으로 시간을 낭비한
죄, 사는 일 두루두루 엉망인
죄, 너무 커

용서해 달라는 말도 차마 못하겠어요

저물 무렵
어둑한 등 뒤에서 내가 울고 있다는 걸 아시는지
괜찮아, 괜찮아, 바람결로 다독이는
하루 씨의 눈시울에 젖어
서녘 하늘이 점점 더 붉어집니다

이 못난 사람 여태 찾아주시다니요
오늘도 오늘이 사뿐히

하,

단풍

/ 허 림

단풍나무 둥치에 빨랫줄 맸다
사흘에 한 번 속옷가지 빨아 널고
날 좋으면 이불과 요를 내다 넌다
곱게 잔 듯해도 가위눌린 땀이 배고 악몽에 흘린 눈물의 얼룩과
눈물 묻고 잠든 베개

이번만은 견뎌보자던 날들 주름진다

들창에 서성이는 새벽
눈 절로 떠 습관성처럼 인력시장 처마 밑에 줄을 선다
이골이 난 듯해도 잡부 셋
냉큼 달려간다

우물가에서 세수하고 목장갑과 양말을 빨아
어둠이 내려앉은 빨랫줄에 넌다
저녁마다 손이 퉁퉁 붓고 마디마다 뻐근한 작업통이 도진다
여기저기 파스를 붙이고 좀 심하다 싶어
하루쯤 쉬자

마음먹고 집구석 돌아보는데
목 졸린 단풍나무가 유독 붉다

빨랫줄만 기억나고 나무는 보지 못했다
서서히 목 조이는 일이 파다했는데 핏줄이 선 나무
가을이라고 단풍이 든다

아르페지오네 소나타

/ 한기욱

이런 날 시계는 자기 말만 늘어놓는 개구쟁이 소년 같고 푼
수데기 아낙 같다
나는 철길이 있던 학교에서 담임했던 아이들 얼굴을 머리맡
에 동요처럼 켜 놓고는
한 소절씩 허밍으로 불러보는 것인데
동요는 너무 맑아 슬프고 너무 착해 쓸쓸해지는 것이다
뭐해요? 드문드문 말을 걸다 사라지는 바람 소리에
오랫동안 기억의 헛간에 버려두었던 낯선 데를 이윽히 떠
올리며
적막해지는 것이지만
그 틈새로 봉인된 시간의 더께를 걷어내듯 풍금 소리가 들
려올 즈음이면
뜻도 없이 차오르는 슬픔의 무게를 감당할 길 없어
끝내 아득해지고 마는 것이다
거실 구석 마리안느가 가녀린 목을 비틀다
들켜버린 비밀이 쑥스러운지 이내 몸을 곧추세우고
나는 나뭇가지 사이로 산책 나왔다가 졸린 눈을 비비는 달
을 향해

슬며시 물어보는 것이다
당신처럼 멀찍이 없는 듯 있으면서
세상을 품을 수 있으려면 어떻게 해야 해요?
내 궁금증을 짐작이라도 하듯
달님은 은빛 고운 실타래를 베란다 난간에 잠언처럼 감아대
는 것이지만
나는 도무지 한 문장을 받아 적고 나면 더는 아무것도 보이
지 않아
습관처럼 마지막엔 막막해지고 마는 것이다
달팽이가 되는 것을 두려워하지 말아요

기차에 실려 보낸 젊은 날의 꿈들이
기적소리를 내며 거실 문을 흔들다 다시 흔적조차 남기지 않고
먼 데로 사라져버리곤 하던 밤의 일이다.

부리

/ 최수진

웬일인지
부리를 보면 불끈 힘이 나오
깨진 부리에 믿음이 가오
절로 침이 새는
그 모습을 동경했소만!

서로들 부리를 깨치며
이리저리 모이를 쪼는구려
다행으로 아시오
그대들이 배운 것은
고작 지질하게 박혀 있는 저 돌부리가 아님을

자빠지지 말고
부디 부리를 쪼개도록 하오
내게는 톱과 날과 끝이 있소
이 얼마나 멋진 연장들이오!
날개와 날개를 잇고
부리와 부리를 맞대어

함께 쪼아보도록 하오

앎을 깨친 그대들을
동경하는 내게 제발
날렵한 부리를 달아주오
나는 너무나도 연약하니
어서 그 뾰족한 입김을 불어주오

더는 이렇게 살 수가 없소

물의 서書

/ 정주연

흐르는 것에는 자국이 없다

낮은 데로 흐르며 스스로 길을 만드는 슬기

돌에 부딪치며 소리를 배우고 어둠을 지나며 침묵을 익히네

눈물이 되고 비가 되어 강이 되고 바다로 가는 길

물은 한 번도 멈추어 선 적이 없다

삶도 흘러야 함을 가르쳐 준다

언제나 흐르기 위해 되돌아가는 물줄기조차

앞으로 나아가기 위한 몸짓

하늘은 스스로를 볼 수 없어 물 위에 얼굴을 비추고

산은 그림자를 맡긴다

비밀을 품되 늘 흔들리며 진실을 말한다

그 어떤 언어보다 절실한

사막의 한 모금 병상의 한 방울, 목마름은 생명의 본질을 묻
는 일

태어날 때 첫 기억도 물이다

죽음 또한 흐름의 다른 이름이란 걸

죽음은 멈춤이 아니라 보이지 않는 물길로 숨어드는 일

삶은 낮아지는 길 끝에서 더 넓어지고 깊어지는
고개를 숙일 때 드넓은 바다를 얻는다네

물의 책을 읽는다는 것은
삶과 사랑 시간과 죽음을 하나의 순환으로 받아들이는 일임을
대지의 젖줄 생명의 어미라는 것을 아는 일이네

작은 집 지붕이 들썩들썩
/ 이화주

할머니가 어렸을 때는
마을마다
오막집, 좁은 방에
아이들이 다섯, 여섯, 일곱…

저녁이면
아이들이 한 이불 속에
나란히 나란히 누워 밤늦도록 쏙닥대다가

하하 까르르 깔깔,
웃음소리에 오막집 지붕이 들썩들썩했지.

지나가던 장난꾸러기 꼬마 도깨비가
초가집 지붕을 번쩍 들어 뒤집어 놓으면

하늘나라 거인이
북두칠성 국자로 은하수를 푹 떠서
삿갓 같은 지붕에 담아 놓았단다.

할머니, 할머니 그래서 어떻게 됐어?
히히히 웃던 꼬마 도깨비가
지붕을 도로 홀딱 뒤집어 놓았지.

오막집 아이들 꿈속으로
별들이 차르르 차르르 쏟아졌단다.

매미 울음에 귀를 씻고

/ 김창균

지방 소도시 병원 응급실 앞
제법 오래된 벚나무에서 매미가 운다
서러움의 절정 아니면 끝인 듯 그렇게 울어
한낮은 더 뜨겁고
어떤 통곡의 끝도 저렇게 뜨거웠으려나
간절한 소리의 처음 자리를 따라가 본다
아무리 찾아도 보이지 않는 매미의 몸
필시 무슨 까닭이 있어서일까
나무는 저 울음의 보호색이어서
울음의 처음을 꽁꽁 숨긴다, 숨겨준다
앰뷸런스 한 대가 응급실 앞으로 들어오고
잠시 자작자작 잦아들었던 누군가의 울음이 또 터져
나는 괜히 흐르는 눈물을 닦고
밥물 잦아드는 저녁을 앞에 받아 놓고 앉았던
어느 여름날의 나를 꺼낸다
그리고 누군가의 울음 속으로 나를 단단하게 뭉쳐
던져본다.

내 이름은 서회인*입니다
/ 김서현

회인이는 장사꾼의 딸
동주여상 2학년,
하굣길 최루탄 가스를 입안 가득 마시며 육교를 걷던 소녀

가게 시마이 하고 딸을 기다리는데, 아무리 기다려도 오지
않고 그 기다림에 지쳐 잠이 들려는데, 키 큰 남자 하나 들어
오더니
"어무이, 회인이 지금 병원에 있답니더"

교복 단추 하나 손에 쥐고 붕대로 얼굴을 다 덮은 채 6개월
간 입원해 치료받고, 퇴원 후엔 21년을 결핵과 우울증에 시달
리다 2000년 세상을 떠난
그 이름은 서해인, 서혜인, 서혜란이었다

수년간, 어떤 말도 증명도 없이 피해자의 자리를 침묵하다
어머니 증언으로 실체가 드러난
그 이름은 서회인

고등학생 딸을 잃은,
지금은 화석이 되어버린 하얀 소복의 부산 어머니

텅 빈 금정로 위로,
시월의 비파나무가 함박눈을 내려놓는다

* 서회인 : 1979. 10. 17. 최루탄 파편에 얼굴 등을 맞음. 피해자 이름
오기로 인해 피해자로 인정받지 못하다 부마민주항쟁진상규명 및 관련
자명예회복심사 위원회에서 어머니 증언을 받아 피해자로 인정받음.

어디에도 없는 빨강
/ 김순실

깍두기 한 입 깨무는데
아삭, 반짝이는 소리
밤새 걸어야했던 길 멈추게 한다

그날이 그날이던 깍두기가
젓가락 쥔 채 곰곰 생각에 빠지게 한다

땅속에서 무無로 견디던 무
드디어 땅위로 드러난
깊숙한 말들 새겨놓고
한 입 베어 물면 아삭, 하고 대답하는지

무에서 태어난
깍두기의 색깔은 나만의 것
나만의 손맛으로
어디에도 없는 빨강

읽을 수 없는 무의 말들이
깍두기라는 꽃봉오리에 닿아 지저귄다

단추
/ 김남극

아무것도 아닌 것처럼 그냥 내 곁에 있는 것

가끔 잃어버리는 것 잃어버리고 후회하는 것

무심한 것

마음 쓰지 않지만 어느 순간 자꾸 마음이 쓰이는 것

안경 같은 것 반지 같은 것 그런데 두려운 것

내 속이 드러날까 봐

나를 숨겨야 할 때 꼭꼭

자꾸 손끝으로 더듬거리는 상처 같은 나도 모르게 너덜너덜
해진 골목 같은 시간이

얼굴을 내밀 듯 내게 자꾸 매달리는

알 수 없는 감정 같은 것

4부

동인 신작시

김남극 야생 메밀 | 나무 | 나무는 말한다
김순실 그림자 연극 | 암각문 | 밤의 실레마을
김창균 가지런한 웃음 | 결별 | 폭우에 떠내려 온 돌을 바라보다
이화주 천 원의 힘 | 맨발 걷기 | 활공
정주연 바람 부는 날 | 초록 문이 열리면 | 유리병 속의 새에게
최수진 카프카 | 매미 울음 | 멸치가 아닌 멸치 떼와 같이
한기옥 델리에서 | 내가 쓸 시 몇 줄이… | 엄마
허 림 우산 | 농담 | 봄이라서
홍재현 쉬는 날 | 개나리 별그늘 | 시계는
황미라 뼈를 먹는 새 | 수혈 | 뿌리와 깊이

김
남
극

강원도 평창 봉평 출생.
2000년 「강원작가」, 2023년 「유심」 신인문학상 수상으로 등단.
시집으로 『하룻밤 돌배나무 아래서 잤다』『너무 멀리 왔다』
『이별은 그늘처럼』 등이 있다.
namkeek@hanmail.net

수록 시

야생 메밀 | 나무 | 나무는 말한다

　세상이 정상으로 돌아오겠지 생각하고 창밖을 보고 있는데, 시간이 좀 걸리는 모양이다. 트럼프는 자신과 생각이 다른 사람들은 모두 상종 못할 인간이라고 생각하는 듯하니, 말 한마디에 목숨이 오가는 사람들이 숨죽이는 모습을 보는 일도 버겁다.

　가끔 걷는 숲도 이 지구의 숨결을 견디지 못하는 듯하다. 6천 년을 살았다는 스리랑카의 어느 나무는 지구의 변화를 어떻게 견디고 있을까. 닮고 싶은 날이 지난다.

　모두 안녕하길 빌지만, 안녕이 요원하다는 생각도 버릴 수 없다. 강건하시길, 견고하시길, 삶이여!

야생 메밀

김남극

내몽골에 다녀왔어요 야생 메밀을 볼 수 있다더군요 심양에
서 9시간 버스를 타고 휴게소에 들를 때마다 백주를 한 병 사
그 술이 몸속으로 스밀 때면 또 백주를 한 병 사면서
취기를 습기로 착각하면서 메마른 대지를 노래하라고 노래
하면서 내몽골에 야생 메밀을 보러 갔지요

백양나무 이파리는 지고 가지 사이로 고비의 흙바람이 지나
더군요 태양열 전지판이 메밀 대신 들을 채운 귀퉁이로 달이
뜨더군요
달이 메밀 쌀처럼 떴어요 기우뚱거리는 몸을 바로 세우느라
열심히 백주를 비우고

호텔 조식 자리에서 메밀칼국수를 정교하게 썰어서 국물에
말아주는 내몽골 사람의 어두운 손을 보는 동안
칼질 소리처럼 정교한 메밀내가 났어요 또각또각 몽골 고원
의 바람에 손금이 자라는 듯하더군요

내몽골 야생 메밀은 처음부터 없었을 거예요 없는 걸 찾는
게 어쩌면 당연한 일인지도 모르지요
서해도 그렇고 남해도 그렇고 동해는 더 그렇지요

나무

단단한 나무 씨앗은 산욕酸浴*을 거치면 싹이 난다
나무는 짐승의 몸속에서 몸을 씻는다
산맥의 무게로 싹을 낸다

나무는 수액을 낸다 다람쥐가 오고 박새가 오고 나비가 오
고 개미가 온다
수유하는 나무들
그 겨드랑이에 붙은 미명의 자손들은 부활한다

나무는 상처만큼 씨를 맺는다
상처가 치명적이면 온몸이 씨가 된다

나무는 임종이 다가오는 줄 안다
그 때가 되면 몸에 버섯을 키운다
소멸하면서 생성하는 나무에
경배하는 꽃들

침묵만이 남은 이 고원에서
과거를 말할 수 있는 건 나무밖에 없다

김
남
극

화석은 죽어서 말하고 나무는 살아서
늙어서 말한다
성장하며 말하고 죽어가며 말한다

그러니까 나무는 고대의 고분이다

* 산욕 : 포유류 위 속의 염산을 거치는 과정

나무는 말한다

나무는 명령문으로 말한다
가끔 낙엽을 떨구면서 화음을 넣어 말하기도 한다
그런 순간 나무는 악기가 된다
곤줄박이가 불어도 낮은 소리가 나는 악기

고요는 나무의 일부이고
꽃은 고대의 비밀을 간직한 경전

나는 숲으로 가는 길에 경전을 펼쳐
나무의 말을 꾹꾹 눌러 적는다
음표를 기록한다
꽃과 새들은 세상의 비밀을
다시 숲에 풀어놓는다

김순실

1998년 강원일보 신춘문예 등단.
시집으로 『고래와 한 물에서 놀았던 영혼』 『숨 쉬는 계단』 『누가 저쪽
물가로 나를 데려다 놓았는지』 『어디에도 없는 빨강』이 있다.
biya5534@hanmail.net

수록 시

그림자 연극 | 암각문 | 밤의 실레마을

바람 부는 만항재

우리나라에서 차로 올라갈 수 있는 가장 높은 고개. 해발 1330m의 만항재. 야생화 단지로 유명한 이곳의 5월은 신록으로 눈부셨다. 꽃 피고 지고 나비 날고 벌떼 잉잉거리는 싱그러움 그 자체였다. 꿈꾸는 언덕이랄까.

처음 보는 족두리꽃. 착한 사람만 볼 수 있어서인가. 땅에 붙어 있는 꽃은 엎드려서 잎사귀를 제쳐야 그 오묘한 보랏빛 자태를 드러낸다. 쥐오줌풀은 쥐가 뿌리에 오줌을 눠서 이런 이름이 됐다니 참 억울하겠다. 그러나 예쁜 이름 대신 얼마나 시적인가. 바람난 여인이라는 얼레지는 왜 고개 숙이고 있는지. 이단의 사랑이 부끄러워서인가. 고개 들고 당당히 제 사랑 지키기를…….

자연의 신비는 들여다볼수록 경이롭다. 내가 그들의 이름을 모두 불러주지 못하는 것이 안타까울 뿐. 시에 다가가는 여정도 이와 같지 않을까. 연약한 듯 보이는 야생화의 강인함. 그 부드러움 속의 청초함. 높은 언덕에서 흔들리면서 지켜내는 음조들은 시와 닮았다. 시를 통해 아름다움을 느끼고 삶을 향유할 수 있다는 것은 얼마나 가슴 벅찬 일인가. 그것이 고통일지라도.

새로 알게 된 꽃을 오래 들여다보듯 그 이름을 기억하고 채집하는 일. 예민해진 촉감으로 흔들리는 꽃의 눈빛을 살피는 일은 설렘이다. 그리하여 이런 서정이 한 편의 시를 낳는다면 나는 바람 부는 만항재에서 얼레지처럼 바람 나고 싶다. '자연과 우리는 책. 너와 내가 만난 우리 모두는 바로 우주의 신비한 책'이라는 말을 떠올리며.

그림자 연극

김순실

대웅전 앞 줄줄이 걸린 연등들
이름 달린 소원들을 부처님이
그윽하게 내려다보시는 저녁
대형 스크린이 내걸린 마당에서 먹는
국수와 떡에 무장 해제되고
세상이 연해지고

별 하나 거느린 초파일 달
연등의 그림자와
그림자의 연등
빛이 있어야 그림자가 있지
부처의 고요와 함께 시작된 연극

오색 무지개의 십장생
용과 잉어가 등燈을 삼켰다 토했다
막 뒤에서 줄을 당겼다 놓았다
그림자와 손끝의 한바탕 아우성

가까이서 들리는 개구리 울음 천지에 가득해

우는 건 개구리가 아니고 개구리 마음인가
들끓는 마음 투시하면
어떤 그림자가 우거질까

달빛 지천인 마당을 누가 혼자 걸어간다
시끄러운 세상 돌아보지 마라
봄밤 한 자락이 펄럭인다

암각문

김
순
실

마을 입구 커다란 볏바위에 새겨진
검은 이끼 낀 옛 글씨를 보는데
길 건너 구멍가게에 모여 있던 노인들
구름의 느린 걸음 쫓던 눈길이
우리에게 건너온다

천 년 전 신라시대 글씨라는 비문의
명화明火라는 글자에 마음이 쏠린다
'장지 가운데에 종이를 한 겹만 발라 불이 환하게 비치도록
한 부분'이란다

내 뒤에 고스란히 박히던 노인의 눈빛이
굽은 어깨 어딘가에 있을 명화가
비문의 글씨체를 닮았다
해독 어려운 11월 야윈 강물처럼

겹겹의 방을 지나
내 장지문에도 명화가 있나, 있었나
천년 세월 넘나들며 단풍 든 문 열어본다
손끝으로 암각문 요철 쓰다듬으며

밤의 실레마을

음악이 연주되고
배우가 김유정의 수필
'오월의 산골작이'를 낭독하네

새파란 눈썹달 올려다보며 귀기울이면
'밥이 따스하니 한 술 뜨게유' 하는 말에
숟가락 닮은 달에
김 오르는 밥 소복이 담겨
비애의 순간들, 공복의 텅 빈 가슴 속으로
살고 싶은 냄새 스미네

밤은 우리를 시루처럼 감싸고 돌며
유정의 이야기 속으로
뻐꾸기며 온갖 날것들의 지저귐
소 우는 소리, 시냇물 소리 불러오네

그 소리 은하의 실타래로 흐르고
어둠 속에서 팽창하는 우주
밤의 실레마을이 밥풀 묻은 손을 잡네

김
창
균

강원도 평창군 진부 출생.
1996년 『심상』으로 등단.
시집으로 『녹슨 지붕에 앉아 빗소리 듣는다』 『먼 북쪽』
『마당에 징검돌을 놓다』 『슬픈 노래를 거둬 갔으면』이 있고,
산문집으로 『넉넉한 곁』이 있다.
제9회 '발견문학상', 제1회 '선경문학상' 수상.
현재 한국작가회의 회원. 작가회의 강원지회장.
muin100@hanmail.net

수록 시

가지런한 웃음 | 결별 | 폭우에 떠내려 온 돌을 바라보다

　"과거의 어느 한 장소로 돌아간다는 것은 새롭게 여행을 시작한다는 것이다"라고 한 어느 소설가가 있었다. 그것이 삶을 충만하게 하는 여행이든 빈곤하게 하는 여행이든 아니면 내 생의 부끄러운 한때를 들추어내는 여행이든 여행을 한다는 것은 즐거움과 행복과 발견과 고통을 한자리에 초대하는 건 아닐까?

　모래를 한 줌 움켜쥔 듯 내 언어와 문장과 쓸쓸함으로 고양되었던 생이 손가락 사이로 모래가 빠져나가듯 나를 빠져 나간다.

　그러나 더 세게 움켜쥘 생각은 없다. 그냥 바라볼 뿐 그저 바라볼 뿐.

가지런한 웃음

김창균

이른 아침 항구가 내려다보이는 백반집에 앉아
잠이 덜 깬 주인을 부른다
제 몸에 붙은 불을 어쩌지 못해
반찬으로 나온 생선은 어디 먼 데를 보고 온 눈처럼 깊게 패여있다
해가 잘 드는 스티로폼 박스에서 꽃들이 자라고
마당에는 부목을 댄 의자 하나
내리는 비를 받아내고 있다
항구가 보이는 식당에서
누군가의 체온이 묻은 식탁 모서리를 밀어내며
염장이 심하게 된 오징어젓갈을 먹으며
한 번은 기울어진 것들에 눈길을 주고
한 번은 기울어지지 않으려 애쓰는
수평선에 눈길을 준다
그사이 뒤뚱거리는 식탁에 종이 박스를 찢어
기운 다리에 받치며 수평을 맞추는데

이가 듬성듬성 빠져 욕심 같은 건 없을 것 같은 주인이
가지런하게 웃는다.

결별

김장용 무를 심는다
무씨는 작고 둥근데
저 속에 원통형의 길쭉한 무엇이 있어
지상에 나와 있는 부분은 하늘을 닮아 푸르고
땅속에 묻힌 부분은 어둠을 밀어내느라 몸빛이 희다
씨앗과 결별하고 몸이 되는 것들
둥근 것과 결별하고 수직으로 서 있는 것들
필시 흔들리며 수직으로 서 있는 것들은
오래 무엇인가 기다리는 것들이다.

폭우에 떠내려 온 돌을 바라보다

김창균

신들의 발길질 같은 말들을 퍼부으며
폭우는 상류의 돌을 아래쪽으로 옮기고 있다
이 큰 비가 아니었던들 내가 당신을 만날 수 있었을까
큰물 지나가고 며칠 후 강에 나가
어디에서 왔는지도 모르는 돌 위에 앉아
뿌리 깊은 것들의 서러움을 내 몸에 들인다
오래 산 집에서 강제로 이사해야 하는 저 잔혹함이
성스러운 일일 수도 있겠다는 생각을 하는 순간
내 눈에 들어오는 강가 버드나무 허리를 감고 오르는
활달한 넝쿨식물들
저 버드나무 온 몸을 다 감고 올라가면
무서리 내리는 가을이 오겠다.

이
화
주

1982년 『강원일보』 신춘문예 동시 당선,
『아동문학평론』 동시 추천으로 등단.
동시집으로 『뛰어다니는 꽃나무』『내 별 잘 있나요』,
그림책으로 『사자는 생각 중』이 있고,
손바닥 동화 『모두 웃었다』 등 여러 권이 있다.
'윤석중 문학상' 수상.
cchosu@hanmail.net

수록 시

천 원의 힘 | 맨발 걷기 | 활공

구름이 구름 신발을 건네주며 초대할 때까지

'여름의 구름 구경은 이번으로 끝이야.' 며칠 전 한 결심을 바꾸고 또 집을 나선다.

"어디 가시나 봐요?"

"구름 구경 가요."

마침 같이 엘리베이터를 탄 옆집 아줌마가 물었다.

"저도 구름 좋아해요."

의외의 대답에 함께 웃었다.

'와! 구름 좋아하는 사람들이 같은 층에 살았네.'

가난한 시인이나 좋아하는 줄 알았던 구름을, 멋쟁이 아줌마도 좋아하는 줄 몰랐다.

시내를 벗어나 강을 건너, 차로 10여 분쯤 달리면 창의센터가 있다. 100개의 계단을 오르면 하늘정원이다. 춘천을 한눈에 바라볼 수 있는 공간이면서 장애물 없이 온 하늘과도 만나는 곳이다.

옥상의 드넓은 공간에 아무도 없다. 고요하다. 훨훨 호수를 건너가는 점잖은 할아버지 같은 황새나 어린아이처럼 재빠르게 하늘을 오르내리며 미끄럼을 타는 제비 떼뿐.

야외무대였던 그늘막 아래서 변화무쌍한 여름 하늘의 구름을 만난다. 구름의 각가지 모습에 경탄하며 목이 아프도록 하늘의 구름을 바라보다 바닥에 앉아 책을 읽는다. 한 줄 읽다 쳐다보면 거대한 구름은 내게 질문하듯 또 다른 모습이 되어 있다.

짧고도 짧은 구름의 생애. 대룡산 위 흘러가는 양떼구름에선 몰고 가는 목동의 휘파람 소리가 들리는 듯하다. 저

초록산 위에는 왜 늘 구름이 있을까? 그 아래 물이나 숲이 있겠지.

구름이 태어나는. 불화살을 쏘아대던 태양이 서쪽으로 기울어지면 노을이 진다. 꽃 빛 노을이 번져 동쪽 하늘의 구름까지 물든다. 춘천 호수도 물든다. 아름다운 비단이 된다. 점처럼 동동 떠 있는 오리 한 마리 집에 갈 생각을 잊어버렸나 보다. 호수가 아름다워. '내 사랑 춘천' 나도 모르게 입속말하고 있다.

몇 번의 여름을 구름과 사랑에 빠졌지만 정작 시는 쓰지 못했다. 누가 아나? 어느 날 제비 한 마리 '신어볼래' 하며 구름 신발 건네줄지.

그렇다. 내가 구름을 사랑해서 시가 되는 건 아니다. 구름이 날 사랑해야 구름 시가 써지는 거지. 나는 기다리며 짝사랑한다. 구름이 날 사랑해 줄 때까지. 구름 신발을 건네주며 날 초대할 때까지.

천 원의 힘

－ 배춧국 끓이면 딱 좋겠다.

엄마 발걸음 멈추자
야들야들 어린 배추 쌓아놓고
우두커니 앉아있던 아저씨
환하게 웃으신다.

　－ 농사만큼 힘든 일이 없어요.
　－ 사람들이 사 가질 않네요.

거스름돈 세던 아저씨

　－ 아, 천 원이 모자라네.
　－ 그냥 두세요.

고개를 갸웃하던 아저씨
배추를 담는다. 듬북듬북 담는다.

   - 고만, 고만 주세요.

엄마는 말리고 아저씨는 담고

엄마와 둘이
낑낑 낑 들고 왔다.

맨발 걷기

사람들이
나란히 나란히 신 벗어놓고
맨발 걷기 한다.

고개를 갸웃갸웃,
보고 있던 아기 다람쥐.

"뭐야? 뭐야?
왜 우리 숲속 식구들 흉내 내는 거야."

지나가던 고라니 아줌마가
웃으며 말했다.

"옛날, 옛날엔
사람들도 우리처럼 맨발이었단다."

활공[*]

이화주

　　생각이　생각을
불러오고,　불러오고
　　그 생각,　또 다른 생각을 불러오고
　　　　　　또 다른 생각을 만나

구름,　구름이 된다.
　　　　생각 구름

생각 바다 위로
　　몰려온 구름,　구름,
　　　　생각 구름,　생각 구름,　생각 구름

롤롤롤롤롤롤롤롤롤롤롤 롤빵처럼 말려
둘둘둘둘둘둘둘둘둘둘둘둘둘둘 멍석처럼 말려
　　생각 바다 위를 달려온다.　모루구름[*]

생각 하늘로 날아오른다.　모루구름

이때야.

　올라타.

생각 모루구름 위
　그냥 그냥 올라타
　　날개를 쫙 펴고
　　　그냥,　그냥 활공하는 거야

　생각 모루구름이 널 데리고 가는 곳
　아무도 모르는 생각 나라

* 모루구름anvil cloud : 모루 모양으로 넓고 편평하게 퍼져 있는 적란
운의 윗부분으로, 적란운 내부에 생긴 강한 상승기류가 대류권계면
에 가로막혀 올라가지 못하고 옆으로 퍼지면서 생김
** 활공 : 새가 날개를 움직이지 않고 낢

정주연

2001년 『평화신문』 신춘문예 시 당선으로 등단.
시집으로 『그리워하는 사람들만이』 『하늘 시간표에 때가 이르면』 『선인장 화분속의 사랑』 『붉은 나무』 『체리핑크 맘보』가 있다.
한국시인협회 • 가톨릭문인회 회원, 강원문인협회 이사, 춘천문인협회전 부회장. 표현시 • 삼악시 동인.
'강원문학작가상', '춘천여성문학상', '강원여성문학우수상' 등을 수상.
jy-june@hanmail.net

수록 시

바람 부는 날 | 초록 문이 열리면 | 유리병 속의 새에게

하루걸러 내리는 밤비가 이 가을을 모셔 왔다.

세상이 울고
내 마음의 위험 수위도 높아지고 있다.

지난여름 그 맹렬한 폭염 후유증일까.
떠나는 여름의 뒤늦은 후회라고
무엇이든 도를 넘으면 눈물이 따른다는
자연의 말없는 훈계를 듣는다.
그걸 전하라고 나는 시詩를 쓰고 있는지도….
그래서 고요 속으로,
더 명징한 내 안의 고요를 찾아가는 길이다.

바람 부는 날

장맛비가 그친 이른 아침
너울대는 숲의 손짓에 끌려 마당에 내려서면

쏴아~~~ 쏴~~
고요의 틈을 두고 수런수런
바람은 부챗살 너울을 펼쳐 젖은 땅을 말리고 있다

수국꽃이 핀다
보랏빛 관을 쓴 물의 나라 요정들
별빛 무리로 수국수국
바람 속에 작은 발자국을 찍고 있다

이런 비 요일 바람 불고 난 후엔
정원 가득 서둘러
수국꽃이 피기 시작한다

노곤한 바람이 햇살에 기대어 졸고 있다.

초록 문이 열리면

들판, 한 점 연둣빛이 나날이 초록으로 물들어
세력이 커지면
화단이며
오랍뜰 채마밭 잡초도 소복이 자라 있다

해가 길어진 저녁나절에서 꼴딱 어두워질 때까지
요즘은 일과처럼 풀을 뽑는다
내일이면 키가 커질 망초며
다투어 영토를 넓히는 민들레와 쑥부터 요절내고 있지만
좀체 끝이 나질 않는다

이맘때는 날아가는 까마귀도 불러내려
품을 사야 할 정도로 분주한 절기인데

내 마음은
봄밤의 고요와 풀 뽑기 삼매경이 즐거워
그저 만사를 잊고 족하기만 하다
이미 시詩 속에 들어 시를 살고 있는데
무엇이 정말 시인지

어설피 조작된 내 시의 정체는
죽은 자식 고추 만지는 헛된 짓은 아닌지
혼자 실소를 날려 본다.

유리병 속의 새에게

내가 때때로 애타게 살고 싶은 순간
나는 누구의 입김이었을까

내가 나에게 떨어져
그만 아무것도 아닐 때
무슨 꽃보다는 내 안의 폭우 속에서
분노가 몸부림칠 때
나는 주먹 쥐고 죽지 않고 다시 살고 싶었다

그 어떤 달콤한 꽃이 내 가슴을 문질렀을 때보다
밤새도록 핏줄이 역류할 때
나는 깨어 있었고
두 눈 부릅뜨고 살고 싶지 않았던가

단맛도 쓴맛도 의미가 없는
거친 그대의 두 손을 맞잡았을 때
나는 살고 싶었다

더 이상은 갑옷과 방패만이 아닌

내 손에도 검을 들려다오
달빛에 번쩍인 그 예리한 검을 써보고 싶을 때
나는 거침없이 살고 싶다오
허공에게 한 번쯤 외쳐보라고 속삭이는
내 안의 어떤 것

유리병 속의 새에게

최
수
진

1988년 강원 춘천 출생, 2021년 《시와소금》 신인상 등단.
시집으로 『산채비빔밥과 몽키바나나』 『Mrs. 함무라비』 『뭄』이 있음
강원작가회의 회원
wls11010@naver.com

수록 시

카프카 | 매미 울음 | 멸치가 아닌 멸치 떼와 같이

쉼표와 마침표

동물 다큐멘터리에 나오는 호랑이나 사자의 먹잇감 포획 장면을 떠올려 보면, 이들은 끝없이 달리기만 하지 않는다는 걸 알 수 있다. 초 단위로 분절된 파노라마 영상은 이 야생 왕의 재빠른 몸놀림을 아주 구체적이고 확실하게 비춰준다.

그중에서도 가장 인상적인 장면은 탁월한 사냥을 위해 눈을 먹잇감에 고정한 채로 이리저리 방향을 조준하는 그 몸짓이다. 때때로 몸을 웅크려 잠시나마 정지한 것처럼 보이는 찰나가 바로 그것이다.

나는 그런 순간을 '쉬어감'이라고 표현하고 싶다. 정확한 목표물을 선점하기 위해 노력하는 중에도 우리는 잠깐의 쉼조차 허용치 않는 경우가 많다. '업무가 과중 되어서, 허드렛일이 많아서 혹은 그냥 몸을 놀리는 시간이 아까워서'라는 변명거리가 늘어간다.

어떤 행위에 쉼표를 붙인다는 건 그걸 배제한다거나 더 이상 진행하지 않으리란 의지의 피력은 아니다. 말 그대로 한 템포 숨을 고르는 거다. 저들처럼 집요하게 내달리기 위해서는 자세를 고쳐잡는 시간이 필요하단 뜻이다. 비록 그 시간을 길게 가져가더라도 조급해할 필요는 없다. 그 행위를 완수하려면 저마다의 필요충분조건이란 게 다를 수밖에 없기 때문이다.

나는 또 이걸 '만족스러운 마치기'라 이름 붙여본다. 결

코 100% 완벽하게 마칠 것을 주문하지 않을 거다. 물론, 야
생의 왕들 모두가 마음먹은 대로 실행한 사냥에 항상 성공하
는 것도 아니기에, 우리는 쉴 때 제대로 쉼과 동시에 적절한
만족을 얻으면 그뿐인 마무리를 선택한다면 보다 나은 생활
을 할 수 있을 테니까. 시를 쓰다가 문득 든 생각이다.

카프카

한 집 건너 카페가 생겨나는 요즘입니다.

서랍 속에서 잠자던 원고를 탈탈 털어 이번 기회에 우리 아빠도 창업했더랬어요.

네, 아빠의 평생 꿈이었죠.

사장님으로 변신한 아빠는 인테리어 디자인도 멋지게 꾸몄어요. 글솜씨는 꽤 알아줬거든요.

사방팔방 단단한 벽돌로 고정하고는 꼼꼼히 흑칠했어요.

소나기를 붙잡아 매서 쓴 글씨도 간판으로 내걸었고요.

하룻밤 만에 준비를 마친 아빠는 영업을 시작했어요.

그런데요, 조금 이상하지 않아요?

여기선 커피와 음료를 팔지 않아요. 물론 호객도 하지 않고요.

참 이상하게도 발길이 끊임없죠.

쓸 만한 매미가 울어 젖히듯 모두 정신이 없어요.

아빠는 그들에게 감각을 추출해 준답니다. 아몬드가 첨가된 지성은 덤이고요.

일명 '관계를 위한 캔디'랍니다.

일기장의 기록들이 선거를 치를 때면 꼭 아빠의 카페에 오
거든요.

가지런한 어제는 균열한 오늘을 대신하지 않아요. 그저 쌓
여가는 거예요.

그날 아빠는 유달리 바쁘겠지만 나는 아빠의 근황을 알기
쉬운걸요.

자유가 지독히도 퍼런데 어쩌겠어요.

아빠가 집을 나서도 항상 거기에 있단 걸 아니까요.

여기도 저기도

맞아요, 지평선 너머 바람결 같은 우리 아빠의 이름은
카프카예요.

매미 울음

그러고 보니 입추가 지났더구나
네게로 온 길이 50이라면 또 그만큼의 길이만큼 널 지나쳐
야겠지
아니, 과거의 정류장들을 헤아릴 수 없다 해도 괜찮단다
이 가슴에 널 새기며 찾아왔기에 지금 나는 조금 더 울어도
볼 수 있는 거잖니
이 강한 턱으로 앞서가는 시간을 지그시 눌러 앉히고
조금 더 울어볼 거야
가장은 눈물이 없다고 누가 그랬더냐?
마음속으로 운다고, 아니 사실 나는 눈물이 많단다
그저 모진 세월에 깎여나갔을 뿐이다
울자
그래, 울어보자
귀뚜라미, 쓰르라미가 출몰하는 이 구역에서
내 위치를 알리고 싶구나
건강한 계절이야말로 나를 타오르게 하지
여름을 미워하지 마라
나는 늘 아름다울 거야
내 입속에는 너라는 세상이 있어

들리니?
애야, 애야—
한철 너를 부르고 있다고
이 아버지의 태양은 바로 너라고

멸치가 아닌 멸치 떼와 같이

젖은 마음을 쥐어짜면 시퍼런 애수가 나오리라
나는 그 찝찔한 냉기를 잊을 수 없으리라
네 틈이 작다면
진작에 나를 접고 접어
보스라기 같은 멸치가 되리라, 그중에서도
잔근육이 다부진 멸치 떼가 되리라
사랑의 오독엔 이유가 있다던 네 말허리가 바닷물에 모두
풀어질 때쯤이면
나는 굴속을 자유로이 유영하리라
수족이 없어도 냄새만으로 너를 찾으리라
비록 포식자에게 턱과 머리를 내어준다고 해도
검질긴 마음은 오래도록 기억되리라

한
기
옥

강원도 홍천 출생.
2003년 『문학세계』로 등단.
시집으로 『안개 소나타』 『세상 사람 다 부르는 아무개 말고』 『안골』
『세상 도처의 당신』 『좋아해서 미안해』가 있다.
'원주문학상', '강원작가상' 수상.
강원문협 회원.
eunhasu34@hanmail.net

수록 시

델리에서 | 내가 쓸 시 몇 줄이… | 엄마

마당에 가을이 들어와서
이 보오, 날 보오
코스모스 꽃 한두 송이
벌개미취 꽃 두어 다발
어린애처럼 들고 서 있다

내가 뭘 할 수 있겠습니까
이 보오, 꽃 보오, 이 꽃이 내 가진 전부라
내 향기 퍼져나가
화덕 같은 세상 어느 한 귀퉁이
한 뼘이라도 서늘히
식혀줄 수 있다면 좋겠소

마당에 가을이 들어와서
귀 좀 대보오
뚤뚜르 뚤뚜르

내가 뭘 할 수 있겠습니까
이 보오, 들어주오
나 가난해
쓸쓸한 노래밖엔 드릴 게 없어요
내 노래 흘러가
그대 찌푸린 이맛살을
잠시만이라도 펴줄 수 있다면 좋겠소

하루 이틀 머물다 나오기도 하고

아침나절 들어가 해질녘에 나오기도 하는 농막집이 있다.
꼭 읽어야겠다 싶은 몇 권의 책들을 챙겨가지만
언제부턴가 글자보다는
날 좀 봐요, 날 좀 봐달라는
목숨들과 눈 맞추느라 그냥 나오는 날이 대부분이다.
시를 쓰라고 하는 당부의 말씀이 분명히 들어있을 텐데…
풀꽃 나무 햇살 바람… 말씀을 제대로 받아 적을 날이 올
지 모르겠다.

델리에서

차와 사람이
엉키고 풀어지길 반복하는
델리 시내 한복판
신호등 단속반 하나 보이지 않는데
차 세우고 삿대질하는 사람
사고 난 차 한 대 만날 수 없다

신기해할 즈음
현지 가이드 나지막이 한 말씀 하는 거다

인도 사람
법적으로 운전하지 않고
심리적으로 운전해요
그럼
아무 문제 없어요

참아주고
그대 헤아려줬다면
아무 일 아니었겠다고

이건 옳고
저건 그르다고
알량한 법 들이대며
얼굴 붉히지 않았다면 좋았겠다 싶던
체증으로 남은 어떤 기억들
순식간에 콸콸 쓸려 내려간다

생이 어지러운 날
경전처럼 꺼내 들리라

법적으로 말고
심리적으로

내가 쓸 시 몇 줄이…

금요일 오후
창밖 먼 나무 가슴에 들여
말놀이하다
이쯤에서 그만해 우리
카드 꺼내고 싶어질 즈음
핸드폰 벨소리 뚜르르뚜르르

할머니할머니
그래 기선이구나
내일 나 학교 안 가요
오늘 할머니 집에서 자도 돼요?
파란 하늘 끝으로 춤추며 날아가는 목소리
따라가다 툭!

잠자는 일까진 힘들다…
말 꺼내려는데

난 이제 양치질도 씻는 것도 혼자 할 수 있어
누구 힘들게 안 해요, 할머니는 일해도 괜찮아

순간 나는
눈물이 핑 돌면서
오래도록 어떤 용서를 빌고 싶어졌다

텅 비어
마른 바람 소리만 서걱대는
내 안 팍팍한 사람에게
그렇게 살지 마요, 마요… 다독이며
누가 날 오래 끌어안고 있는 게 느껴졌다

내가 쓸 시 몇 줄이
네 안에 들끓고 있을 어떤 간절함
반에 반절이라도 흉내 낼 수 있다면
내게 남은 시간
그런 시 쓸 수 있다면…

엄마

제라늄 붉은 꽃 갈피에서
늦은 밤
엄마 걸어 나오시네

주무시고 가요
내 말엔 여전히
생시인 듯 문 닫아거는 엄마
화초 물 줘야지
강아지 밥 줘야지
집 비울 수 없다
서둘러 사라지시네
하루라도 집 비울 수 없다
서둘러 떠나시는 엄마

이 땅에 와 사는 건 매한가지다
매 끼니 챙겨 먹어야 하는 거
말 못 하는 목숨일수록 보살펴줘야 해

어떻게 살아야 하나 캄캄해질 때

걸음마 배우던 어린 날들처럼
엄마 남긴 말
한 발자국씩 따라가 보라고

어둠 속 제라늄 꽃
환하게
눈 맞추네

허
림

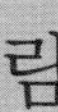

홍천에서 태어났다.
강원일보 신춘문예에 당선되어 문학 활동을 해오고 있다. 시집으로
『다음이라는 말』『누가 가르쳐준 것도 아닌』『울퉁불퉁한 말』
『말 주머니』『거기. 내면』 등이 있고,
산문집으로『보내지 않았는데 벌써 갔네』가 있다.
현재 A4동인, 표현시 동인으로 활동하고 있다.
지금은 내면 오막에서 산다.
gjfla28@hanmail.net

수록 시

우산 | 농담 | 봄이라서

돌을 앉히다

제멋대로 생긴 돌을 골라 담을 쌓는다. 밑돌을 놓고 그 위에 얹는 돌. 돌과 돌이 어긋나면 쐐기돌을 끼워 넣으며 돌의 얼굴을 맞춘다. 돌에 보이지 않던 얼굴이 보이고 눈 코 입이 보인다.

사람을 생각한다. 보여주는 얼굴보다 보여주지 않은 얼굴을 보고 싶다. 가장 어려운 것이 사람이다. 한없이 따듯했다가도 겨울바람처럼 세차게 몰아붙이고 꽁꽁 얼어붙는 것이 사람이다.

시장을 어슬렁거리다 보면 내가 좋아하는 말을 주울 때가 있다. 봄철 나물 이고 나온 아낙네나 가을 버섯을 지고 나온 아재들의 말속에 투박한 손때가 묻은 말이 있다. 그 말 하나면 하루가 즐겁다.

산내끼라는 말을 주웠다. 새끼다. 짚이나 닥나무껍질로 꼬아 만든 긴 줄을 이르는 말인데 홀전 할아버지가 쓰시던 입맛 그대로 들려주신다.

"뭘 그렇게 해, 산내끼 좀 가져와 봐." 여기저기 흐트러진 물건을 모두어 엮으려는 것인데 끈이 필요했던 것이다. 아무도 모르는 산내끼. 그 옆에서 비닐 끈을 건네주었더니 간추런히 물건을 엮으신다.

옛날이 그리워지는 것은 비단 말뿐이겠냐 마는 요즘은 산골에 가도 버덩의 말을 쓴다. 말에는 삶의 자취가 남아 있고 향기가 느껴지는 것이 당연한데 모두 버덩의 말을 사용한다.

내 시에는 내 삶의 뿌리가 되었던 시골의 말이 들어 있다. 그 말들은 희로애락의 감정을 품기도 하고 정을 나타내기도 한다.

'봉두'라는 말이 있다. '고봉'도 비슷하지만, 가득이라는 말이다. '여북하면'이라는 말도 예쁘다. '쥐방구리'는 아주 작은 쥐를 말하는데 쥐방구리마냥 들락거리며 몽창 파먹어 쭉지만 남았네. 몽창은 모두, 쭉지랭이는 껍질이다.

시도 삶 속에 놓여있어야 한다. 돌이 돌을 품고 돌담이 되듯이 말도 삶을 품어야 시다워진다. 그 속으로 들어가려고 문을 찾는 중이다. 그것은 시라는 것을 처음 대했던 때부터 지금까지 헤매고 있다. 보이는 듯 할 때도 있지만 다가서면 신기루처럼 사라진다.

우산

종일 비가 추적 추적 내립니다.
우산 가져오지 않아
혼자 가는 우산 안으로 들어갔습니다.
한쪽을 내어줍니다.
그대의 한쪽이 젖고
나의 한쪽이 젖습니다.
그대의 한쪽이 두근거리고
나의 한쪽도 두근거립니다.
그대의 한쪽으로 빗물이 떨어지고
나의 한쪽으로 빗물이 떨어집니다.
비에 젖어도
우산은 참 넓습니다.

농담

정색하고 들으면 조금 거북하지
깨진 거울 속의 나를 보는 듯
듣다 보면 부애가 날 수도 있어
저것도 말이라고 웃자고 하는 말이겠지
점잖게 생뚱맞게
대답할 새도 없이 주저리주저리 이어지는
뻔한
삶의 전생
농담 같은 농담 같지 않은
뼈의 말들
혀 깨문 말의 뼈다귀들

봄이라서

봄이라서
나물 뜨으러 올랐던 길
오갈피 숲 사잇길 들어 소나무 보대기*까지는 삐랑이다

삐랑** 돌아 토끼길처럼 조붓한 길 옆 바위 서렁
금방이라도 굴러내릴 것만 같은 바위는 바위옷을 입고
그 바위에 진대*** 자란 두릅 서너 꼭지

봄이라서
한 꼭지 더 따자고 가슴 조이며 올라온 길에는
갈풍대기가 내려앉고
노가지나무 밑 멧토끼 집과 샘물터 진흙탕엔 멧돼지털
가끔 고라니랑 눈 마주쳐 서로 놀라 날뛰던 길

외솔배기 아래서 돌아서 보면
아직은 봄이라서 마른 안들미****만 바람에 쓰럭거린다

* 보대기 : 다복솔의 사투리
** 삐랑 : 벼랑의 사투
*** 진대 : 기대어
**** 안들미 : 억새의 사투리

홍재현

2020년 『시와소금』 동시 부문 신인상으로 등단.
동시집으로 『달팽이 사진관』 『고래가 온다』가 있다.
2025년 어린이문화진흥회 신인상 수상.
jaehyunhong@gmail.com

수록 시

쉬는 날 | 개나리 별그늘 | 시계는

쉬는 날의 의미

한동안 주말 아침 눈을 뜨며 가장 먼저 하는 생각은 "오늘은 애들 데리고 어디 가지?"였습니다. 언제나 에너지가 full로 충전된 두 남자아이를 주말 내내 집안에 가두고 있는 것은 정말이지 끔찍한 일이었으니까요.

그러다 어느 한적한 주말, 평화로운 거실에서 문득 깨달은 사실 하나. 주말 오후 이 집엔 아이들이 없다는 사실이었습니다. 이제 훌쩍 커버린 두 아이는 저마다 친구들을 만나러 나갔거든요. 몇 년 만에 되찾은 평화로운 주말이었습니다.

하지만 남편과 저는 무엇을 해야 할지 몰라 허둥대며 멍하니 주말 오후를 보냈습니다. 아, 나의 어린 시절이 저 멀리 가버린 것처럼 아이들의 어린 시절도 우리를 스쳐 지나가고 있던 찰나였습니다.

그 이후로 할 일 없이 빈둥거리는 주말이 되면 어린 시절 아이들의 사진을 찾아봅니다. 굳이 두꺼운 앨범을 낑낑거리며 꺼내지 않아도 요즘은 스마트폰에서 자동으로 3년 전 오늘, 5년 전 오늘의 사진을 찾아주거든요. 편리하지요.

몇 년 전 사진 속 주말 오후 산더미 같은 짐을 짊어지고 산으로, 놀이공원으로, 전시회로 두 아이를 데리고 다니던 지금보다 아주 조금 젊은 나와 남편의 모습이 보입니다. 하루 종일 밖으로 돌아치다 집으로 돌아오면 그야말로 녹초가 되어 뻗으며 "이게 무슨 쉬는 날이냐, 차라리 일을 하는 게 낫지!"라고 투덜대곤 했습니다. 하지만 사진 속 두 아이를 매달고 땀을 뻘뻘 흘리고 있는 우리는 투덜대면서도 웃고 있습니다.

조금 더 오래 사진을 들여다봅니다. 외식하는 사진에서는 사진 프레임 밖 식당 아주머니의 모습이, 놀이공원 사진에서는 인형 탈 속에서 땀을 흘리고 있었을 아르바이트생의 모습이 보입니다. 아, 이들에게도 쉬는 날은 쉬는 날이 아니었겠네요. 빨간날에도 땀을 흘려주시는 이들 덕분에 우리 아이들은 신나는 쉬는 날을 보낼 수 있었습니다.

이웃사촌이란 말이 이제는 화석이 되어버린 시대이지만, 여전히 한 아이를 키우는 데는 온 마을이 필요하다는 말은 살아 있었습니다.

쉬는 날

빨간날 오늘은 쉬는 날
새벽부터 일어난 엄마가 하품을 하며 김밥을 싸시고
눈곱도 못 뗀 아빠는 놀이공원 입장권을 챙깁니다

시간 맞춰 도착한 지하철을 타고 간 놀이공원에서
환한 미소의 도우미 언니가 풍선을 나눠 줍니다

신나게 놀이 기구를 열 번쯤 타고
중간중간 식당에서 맛난 밥도 먹고 간식도 먹고
마지막 퍼레이드와 불꽃놀이까지 보고

깜깜한 밤 집에 돌아오니
현관 앞에는 엄마가 전날 주문한
택배가 기다리고 있네요

분명 오늘은 쉬는 날이었는데
나는 오늘 쉬는 사람을
한 명도 못 만났습니다

개나리 별그늘

홍
재
현

개나리가 좋아
활짝 핀 개나리가 좋아

이파리보다 먼저 나와
햇살을 반기는 개나리가 좋아

개나리가 좋아
활짝 핀 개나리가 좋아

지나가는 개미 한 마리 쉴 수 있는
네 팔 벌려 활짝 별그늘을 만드는

개나리가 좋아
개나리 별그늘이 좋아

시계는

할아버지가
"시계 밥 좀 줘라!"
하실 땐
배고픈 시계가 되고

엄마가
"시계 약 좀 줘라!"
하실 땐
아픈 시계가 된다

나는
"아니 알람이 왜 안 울렸지?
시계가 미쳤나!"
할 때의 그 시계가 좋다

황
미
라

1989년 『심상』 신인상으로 등단.
시집으로 『두꺼비집』 『털모자가 있는 여름』
『꽃 진 자리, 밥은 익어가고』 등이 있다.
hmrf89@daum.net

수록 시

뼈를 먹는 새 | 수혈 | 뿌리와 깊이

머칠 비가 오락가락하더니 해가 났다.
구름을 병풍처럼 두른 검푸른 금병산이 오늘따라 엄해
보인다.
거실에 있는 나를 내려다보며 꾸짖는 것 같다.
나태하다고.
제대로 살라고.

기타만 끌어안고 살다가
마감시켜야 하는 원고를 들여다 볼 때서야
겨우 정신이 든다
하지만 모처럼 바라보는 세상은 불투명하다.
마음의 때가 더께로 앉은 모양이다.

땅거미가 지자 금병산이 후려칠 것처럼 어깨가 부푼다.
낯빛이 점점 어두워진다.
아흐, 큰일이다.

뼈를 먹는 새

이건 먹는 게 아니다
주검을 땅에 묻듯
새의 몸에 묻는 거다

여느 짐승들이 내장과 근육을 몽땅 발라먹어
희디흰 햇살을 칭칭 감고 나뒹구는
이름 모를 뼈

수염수리*는
하늘 높이 머리를 들어 부리를 크게 벌리고
천천히 수습한다
기다란 통뼈를 통째로
턱, 턱, 목구멍 깊은 곳으로 밀어 넣는다

뼛속에는 사무친 무엇이 있다
어느 목숨의 뜨거운 피가 흐르던 세월이 있다
그걸 알아서
제 뼈 같아서,

비장한 부리로
먼 바람 장송곡을 들으며
외로운 뼈 가슴 깊이 장사 지내는 거다

* 수염수리 : 수리목 수리과의 조류. 식단의 대부분을 뼈로 채우는
스캐빈저. 위산 농도가 PH 1로 매우 강하다.

수혈

황
미
라

내가 모자란다고
내 안에 들어와 흐르는 이
있다

누구든 그저 지나가는 줄 알았는데
혈관을 타고 방울방울

나를 휘저으며
나라고 우기는
나도 모르겠는
나,

날 살렸지만
날 죽이는
혈투다

피 묻은 햇살이 소임을 다한 듯 뽑혀나간
늦은 오후 전화를 건다
– 나야

하지만 온전한 내가 아니다
내게도 끈적끈적한 세상의 지분이 있다

뿌리와 깊이

화원에서 사 온 화초 한 포기
화분에 옮겨 심으려 포트에서 꺼내니 뿌리가 무척 짧다
그냥 흙 위에 얹혀 있다는 말이 맞을 듯

모름지기 튼실한 건 깊이를 가졌거늘
고 얕은 뿌리로 양분을 퍼 올리려, 비바람에 날아가지 않으
려, 얼마나 애썼을까

돈도 빽도 없는 언덕배기 낮은 지붕이 이러했으리라
자식들 먹이고 입히고 공부시키려
가난의 반경에서 등골 휘었을 거다

간신히 뻗어간 가지에서
햇살 베어 물고 화분 밖을 넘보는 거침없는 이파리 사이로
꽃망울들 벌써부터 하늘을 밀어 올리려 봉긋봉긋 부푼다
자수성가한 푸른 집 한 채 눈부시다

김남극 강원도 평창 봉평 출생, 2000년 『강원작가』, 2023년 『유심』 신인 문학상 수상으로 등단. 시집으로 『하룻밤 돌배나무 아래서 잤다』 『너무 멀리 왔다』 『이별은 그늘처럼』 등이 있다.
namkeek@hanmail.net

김서현 2022년 『강원작가』 신인상으로 등단. 시집으로 『목련이 환해서 맥주 생각이 났다』가 있다.
keysh2016@naver.com

김순실 1998년 『강원일보』 신춘문예 등단. 시집으로 『고래와 한 물에서 놀았던 영혼』 『숨 쉬는 계단』 『누가 저쪽 물가로 나를 데려다 놓았는지』 『어디에도 없는 빨강』이 있다.
biya5534@hanmail.net

김창균 강원도 평창군 진부 출생. 1996년 『심상』으로 등단. 시집으로 『녹슨 지붕에 앉아 빗소리 듣는다』 『먼 북쪽』 『마당에 징검돌을 놓다』 『슬픈 노래를 거둬 갔으면』이 있고, 산문집으로 『넉넉한 곁』이 있다.
제9회 '발견문학상', 제1회 '선경문학상' 수상.
현재 한국작가회의 회원. 작가회의 강원지회장.
muin100@hanmail.net

박민수 1975년 『월간문학』 등단, 시집으로 『낮은 곳에서』 『잠자리를 타고』 『사람의 추억』 등이 있다.
bag676089@gmail.com

이화주 1982년 『강원일보』 신춘문예 동시 당선, 『아동문학평론』 동시 추천으로 등단. 동시집으로 『뛰어다니는 꽃나무』 『내 별 잘 있나요』, 그림책으로 『사자는 생각 중』이 있고, 손바닥 동화 『모두 웃었다』 등 여러 권이 있다. '윤석중문학상' 수상.
cchosu@hanmail.net

정주연 2001년 『평화신문』 신춘문예 시 당선으로 등단. 시집으로 『그리워하는 사람들만이』 『하늘 시간표에 때가 이르면』 『선인장 화분속의 사랑』 『붉은 나무』 『체리핑크 맘보』가 있다.

한국시인협회 • 가톨릭문인회 회원, 강원문인협회, 춘천문인협회
전 부회장. 표현시 • 삼악시 동인.
'강원문학작가상', '춘천여성문학상', '강원여성문학우수상' 등
을 수상.
jy-june@hanmail.net

최돈선 1969년『강원일보』, 1970년『월간문학』등단, 시집으로『허수아비
사랑』『칠 년의 기다림과 일곱 날의 생』『물의 도시』『나는 사랑이
란 말을 하지 않았다』등이 있다. '강원문학상' 수상.
mowol@naver.com

최수진 2021년《시와소금》신인상으로 등단. 시집으로『산채비빔밥과 몽
키바나나』『Mrs.함무라비』『뭄』이 있다.
wls11010@naver.com

한기옥 강원도 홍천 출생. 2003년『문학세계』로 등단. 시집으로『안개 소
나타』『세상 사람 다 부르는 아무개 말고』『안골』『세상 도처의 당
신』『좋아해서 미안해』가 있다.
'원주문학상', '강원작가상' 수상. 강원문협 회원, 표현시 동인.
eunhasu34@hanmail.net

허 림 강원도 홍천 출생. 1988년『강원일보』신춘문예,『심상』등단. 시
집으로『거기, 내면』『말 주머니』『누구도 모르는 저쪽』등이 있으
며, 산문집으로『보내지 않았는데 벌써 갔네』가 있다.
gjfla28@hanmail.net

홍재현 2020년『시와소금』동시 부문 신인상으로 등단. 동시집으로『달팽
이 사진관』『고래가 온다』가 있다.
jaehyunhong@gmail.com

황미라 1989년『심상』신인상으로 등단. 시집으로『두꺼비집』『털모자가
있는 여름』『꽃 진 자리, 밥은 익어가고』등이 있다.
hmrf89@daum.net

내 입속에 있는 너

초판 1판 1쇄 인쇄 2025년 11월 25일
초판 1판 1쇄 발행 2025년 11월 30일

지은이 표현 시동인회
발행인 김소양
편 집 권효선
마케팅 이희만

발행처 ㈜우리글
출판등록번호 제321-2010-000113호
출판등록일자 1998년 06월 03일

주소 경기도 광주시 도척면 도척로 1071
마케팅팀 02-566-3410 **편집팀** 031-797-3206 **팩스** 02-6499-1263
홈페이지 www.wrigle.com

ⓒ 표현 시동인회, 2025

값은 표지에 있습니다.

강원특별자치도 강원문화재단
ISBN 978-89-6426-119-4 03810

이 시집은 2025년 강원특별자치도 강원문화재단 전문예술지원사업 지원금으로 발간되었습니다.

잘못 만들어진 책은 구입하신 서점에서 교환해 드립니다.